山河无惧
来日可期

沈嘉柯 著

北方联合出版传媒（集团）股份有限公司

万卷出版公司

ⓒ 沈嘉柯 2020

图书在版编目（CIP）数据

山河无惧，来日可期 / 沈嘉柯著. — 沈阳：万卷
出版公司, 2020.5

ISBN 978-7-5470-5317-1

Ⅰ.①山… Ⅱ.①沈… Ⅲ.①散文集—中国—当代
Ⅳ.①I267

中国版本图书馆CIP数据核字（2020）第030275号

出 品 人：刘一秀
出版发行：北方联合出版传媒（集团）股份有限公司
　　　　　万卷出版公司
　　　　　（地址：沈阳市和平区十一纬路25号　邮编：110003）
印 刷 者：辽宁新华印务有限公司
经 销 者：全国新华书店
幅面尺寸：145mm×210mm
字　　数：200千字
印　　张：8.5
出版时间：2020年5月第1版
印刷时间：2020年5月第1次印刷
责任编辑：胡　利　张洋洋
责任校对：高　辉
装帧设计：鼎籍文化创意　马婧莎
ISBN 978-7-5470-5317-1
定　　价：42.00元
联系电话：024-23284090
传　　真：024-23284448

Contents **目 录**

第三章　生命应该浪费在美好的事物上

自序　如实如常写给你

一个人真正喜欢的东西，得到了以后，会更加喜欢。比如我和我的文学。

我是一名作家，穷的时候我在写，富的时候我还在写；艰难困苦的时候在写，出了名赚了钱之后，更加有条件写写写。不知不觉我就写了二十多年。这个时候我得以确认，我是真的喜欢文学。

对于我来说，写作的意义，就是生命中的一件必需品。

五内如焚的烦恼，会有结束时；摧枯拉朽的哀伤，也有平复时。它们并不是消失了，只是内化到心底，与我们更深地融为一体。万物沸腾，总会止息。

这些，都依赖于写作。

如果说写作还有什么额外好处的话，我觉得是收到读者的礼物。

其实买了我的书，就已经支持了我。但是有的读者属于忠实的粉丝，并不满足于只是阅读一个作家的作品。这些年来，我收到了各种千奇百怪的礼物。

　　我收到过太原一个读者很可爱的轻松熊饭盒，我用了很多年，随身携带着装便当。可惜后来被猫给咬坏了。

　　我收到过苏州一个孩子寄过来的抱枕，布套是她自己手工做的刺绣。我还收到过三只小猪的玩具，很萌。至于吃的零食更是收到很多很多。

　　这也是一条真理：爱你的人总是给你更多。

　　有一次我收到了一朵金色的玫瑰。金箔做的。原因非常简单，因为我的一篇小说，在她的青葱岁月里，起到了莫大的安抚作用。

　　从工作第一天开始，我就为了辞职、自由自在而做准备。后来也做到了。

　　曾经想着解决了温饱以后，就开开心心写着自己喜欢写的，度过下半辈子。舒服地宅，养猫猫狗狗，不再像年轻时，太关心外界的事情，太在意他人的感受，太爱打抱不平。

　　可惜只做到了一半。温饱了，小康了，旅行，美食，消费，写写小说，收收房租。度过一段很是爽快的时光。

　　但我发现做不到两耳不闻窗外事。人生还有其他要解决的问题。我见识了无数晦暗人心，也见识过很多的美好与温存。世界的复杂面，我已经充分感受许多许多。

尽我所能，在自己的文章和书里，说出真相，写出爱。

毕竟，写作的本质也是跟愚昧和野蛮做斗争。

我希望自己珍重的身边人也过得好，甚至有忍不住想要让这世界变得更好一点的心念，这种起心动念，反过来又需要更加持续地写作，我希望读我的书，使你聪明正直。

所以，我愿把我的所思所得，如实如常，都写给你。

沈嘉柯

二〇一九年五月

谁无烦恼？人皆烦恼。何处得清凉平复？
启悟无处不在，一枝花，一首歌，一幅画，
一段晨钟暮鼓，都能令灵魂宽慰。
这是一种巧遇，也是一种必然。

第一章

山中的暮鼓

山中的暮鼓

某年，我和几个朋友结伴出游，到山中去，想清静清静。上山前，带队的老友突然提醒，我们要在山脚下采买食物材料，毕竟山上食材匮乏。于是我们拎着粉扑扑的冬瓜、绛红色的茄子和豆角、青翠碧绿的空心菜、橄榄菜和杂七杂八的素食原材料，历经了一两个小时的山路九曲十八弯，终于抵达时，已经接近七点。

大家自己动手生火做饭，匆忙填饱肚子。天色已经暗下来，大家分男女入住寮房。这座寺院木头器物多，整洁安静。我自己铺好床被，准备睡觉，却难以入眠。夜里，山中静得几乎只听得见自己的呼吸，一下子从人间闹市切换到如此寂静氛围，有点不适应。

于是我在手机上呼朋唤友，大家到大殿门口碰头集合，相约看星星。我们到大殿一侧的经书阅览室门口坐下，这里到处是石凳，有些还搁了蒲团。我们自备了茶和茶饼，一起分吃食物，低声说说笑笑，聊一阵子，大家诉说起彼此的心烦。

那一刻，天地之间都是漆黑的，草木无声，头顶群星闪耀，山中的风清寒，微微吹得人魂摇魄动，任何一点讲话的声音都很明显，带着缥缈之感。不知不觉大家就渐渐都静默了。

在大殿一侧的游廊，仰头看山顶的星云浮动，我心里忽然有点儿哀伤。人生百年不足，忙碌九十九，一分默然省思，其实每个人都有自己的心事。惠总惦记着自己身体不好，阿绿纠结着她家的家族生意跌宕起伏，我则屈指一算，人到中年，只觉得前半生太匆忙，距离小时候的理想，实在还远。同行的还有一个高个儿男孩，是惠所在画报的设计师，家境算丰裕，但懒于上进，总被家人批评。

就在这静默之时，忽然响起了鼓声。

原来晚上九点，寺院中按时敲起了暮鼓，这鼓声一波一波，节奏先是缓慢的，后来速度快起来，双手齐动，鼓点交错，抑扬顿挫，我仿佛在音乐厅聆听乐器演奏。渐渐听进去，我发觉自己的情绪都被影响了，一会儿心潮澎湃，一会儿疾风骤雨，最后，那鼓声又沉稳扎实，进入铿锵有力的境界，格外悠远。

暮鼓之后，我们几个朋友，都听呆了。僧人又开始念经。夜晚僧人们的诵经，其实有点类似男声合唱，低沉如静水流深。

当时当地，群山环绕，那些声音伴着钟声如咏似叹，很适合坐下倾听。这个声音，没有刻意表演的抒情，因为彼时淡季，又非节假日，根本没什么游客。但念诵的和尚，认认真真，不徐不疾，悠悠然沉浸其中，有着一种红尘之外的抒情。我被打动了。我不懂具体的词句，但却被似咏叹、似唱歌的诵读所慰藉。

我之前心头的那一份哀伤，不知不觉，淡下去，心境亦平复。

良久，惠忽然告诉我，其实决定到山中修行的大和尚，有些人早先学历很高，其中有的是科技大学研究计算机的，也有的是音乐学院的硕士。惠在佛协杂志做过几年工作，知道的比我们多。

我来到山中，本来没想过有这样的体验。霎时间，我心领神会。对于打鼓的法师来说，无形之中，也渗透了他的内在感受。

下山后，数年过去，朋友们各有各的造化，天翻地覆的改变谈不上，但在各自的路途，依然前行。惠终于开起了自己梦寐以求的茶艺馆，阿绿享受做母亲的快乐，高个儿男孩继续自由自在，时间久了大概家人发现了他就是个散漫孩子，随他去吧。

谁无烦恼？人皆烦恼。何处得清凉平复？启悟无处不在，一枝花，一首歌，一幅画，一段晨钟暮鼓，都能令灵魂宽慰。这是一种巧遇，也是一种必然。

一蔬一饭忆旧时

过了三十岁之后的这些年，我总有时代太快的错觉。匆匆忙忙我就去了很多地方，给很多大学做讲座，出了一些书，见了一些人，录了几档节目，出门旅行几次，怎么匆匆忙忙又要过年了？

一年又一年，春节这几天我懒得倒腾，年饭都是自助餐或酒楼解决的。我问父母，今年想吃什么。

这个问题问得意兴阑珊，现在丰衣足食，不缺吃，吃什么都没胃口。鸡鸭鱼肉海鲜洋水果进口零食，平时吃得多，腻味。

我母亲说，今年我们吃自己种的小白菜。我不敢置信，在哪里？

母亲嘿嘿发笑，就在你窗台外面，我叫你爸锄掉杂草，挪了半米。我不只种了小白菜，还有小葱和两棵茶花。我乐了，真是服了他们。上个月下雪，我站在窗前，瞧见一溜青翠雪白的小白菜，十分养眼。

想起从前的一顿年饭，我拿着大人给的钱，一溜小跑去买酒买汽水。这钱大人心里都琢磨好了，总要比买东西要花的多一点，小孩子腿脚才勤快。

我母亲上午砍好莲藕和排骨，砂锅铫子慢慢熬。冬日黄昏时，慢炖出的香味，钻进鼻子，响彻灵魂。藕块粉糯，排骨细嫩，说不出的鲜美。好汤必须慢功夫。这只是其中一道菜。其他原材料，提早去集市趁着新鲜，挑好带回家。这个任务，通常是交给骑着自行车的父亲去办。

既然出门，我就坐在父亲的后座一起出门。父亲慢慢一路骑行，我东瞧瞧西看看。路边遇到了卖油炸米饭团子的，我馋嘴想吃，就停下来。遇到了熟人同事，父亲车子再停下来，大人们聊天说事，我自个儿在边上玩。父亲倒也不厌其烦，买好东西，一整天过去，我也玩得尽兴了。

肉食还要蔬菜来配才好。有什么比自己家种的更靠谱？也不用多，就把二楼那个最大的阳台直接开辟为小菜园。自家种菜自家吃，本来就是我家的传统。

城市那么大，父亲现在还是喜欢骑着自行车去附近的批发市场买菜。我已长大，比他高大，不再坐他的后座，慢悠悠出门一整天了。但有这些记忆，我便成了心中怀有珍宝的人。

再说回咱家的小白菜吧。他们种菜，我一棵一棵采摘好，凑个热闹，下锅小炒。自家种植，经冬过雪，这菜格外清甜。

世上好吃的东西吃多了，不过如此。我们最重视的还是和至亲至爱的人一起吃饭。

指鹤认字

2018 年的中秋节，本市的电视台办了一场中秋诗词歌会，主题叫"黄鹤咏经典"，我去当评委嘉宾。咏唱晚会就在黄鹤楼前直播，事先彩排了两次，我们三个评委嘉宾都有点不耐烦了。

那天七点多歌会开启，音乐响起，天上却渐渐落雨。现场的导演、摄影脸色变了，惶恐不安，生怕雨越来越大，节目就泡汤了。

幸好，雨一直飘落，却没有变大。

丝丝缕缕的细雨，落得心头、身上一片清凉。

我仰起头，强烈的灯光把黄鹤楼照成金色，只有楼前的铜鹤不言不语，永远默然。

歌舞笙萧缠缠绵绵，一刹那恍惚，我心中猛然一惊，想起三岁多的时候，祖父带我去黄鹤楼玩。他在楼下指着黄鹤铜像跟我说："看那个黄鹤，就是我名字里那个'鹤'字。"

他的方言口音，把"鹤"字发成"活"的读音。

他在手心里写着这个字，一笔一画，教我笔画。

我的祖父名纲鹤。

我只觉得生命如此令人战栗，如此巧合，我仿佛回到小时候，时空穿梭，旧时光沿着迢迢岁月扑面而来。

这一幕眨眼过去，已经是三十多年前的事了，当时年纪小，记忆被岁月冲散而遗忘。

如今他也离开人世间，走了好几年了。

"昔人已乘黄鹤去"，这是崔颢最有名的诗句，小时候我默念过数百遍，但我当时没有想到，会在此时此刻，意外打通了我个人的回忆和感情。

我们中国人说到逝世，会形容为驾鹤西去，婉转文雅。

生死一别，人生的纽带本来断了，又被粘起来。我竟悲喜交集。

悲是因为思念，喜是因为找回了丢失多年的记忆碎片——我与祖父之间，那个"指鹤识字"的细节。在我长大后，和祖父的关系并不融洽，反而日渐疏远。

他去世前几个月，我去探望他，他总说浑身皮肤痒，我拿出背包里自己过敏惯用的氧化锌涂膏，教他怎么用。

在他回光返照时，全家人把生日蛋糕摆在他面前，他的眼睛盯着蛋糕，瞧了一会儿。那恰是他八十四岁的阳历生日。

而后，春天清明再去看他，墓前草青青。

我幼年的指鹤认字，已成时光碎片。

如果不是参加了那个节目，我也不会拾回往事。这段记忆，原来就在原地等着我。

　　人生并不是平铺直叙的日子，而是刹那一惊，揭晓谜底，昔日重现，我们跟过去的记忆久别重逢。

读书的真相

有一次，我去一所大学做讲座，短短一个小时时间，遇到了一个有趣的问题。

这是一个看起来挺严肃的男孩提的。他说："我没看过你的书，你能用一分钟说说理由让我喜欢你的书吗？"

我听了这个问题，忍俊不禁，笑出声了。我想了一想，回答他说："我倒是想反问你一个问题，你为什么要喜欢我的书呢？你平时看书多吗？"

那男孩呆了，只回答说："我平时不怎么看书。"

我猜，绝大多数作家学者教授或者社会名流去大学做讲座，大概都希望自己的作品被喜欢。

而我，没有那么强烈的希望。

如果你看过我的书，觉得很好很喜欢，那就不会问这个问题。如果你没看过，我们彼此陌生，那就会有两个选择。第一个选择是，可以去尝试一下；第二个选择是，完全不去看，没有为什么，就是不想看。

读书这种事情，本来就难以勉强。没必要因为我来了，就要喜欢我的书。

看书纯粹是私人的事，喜欢就看，不喜欢也没什么，丢开就好。如果很糟糕，就丢开吧。如果不喜欢甚至可以骂。读者买了书，有表达好恶、赞美或痛骂的权利。

那个男生后来摸摸自己的脑袋，也笑了。他说，那他去试试。

这还让我想起来，去另外一个医科大学开读书会，校领导让我给同学们推荐书目。

要我说，读书只有一个最大的真相。

在我的大学时代，我几乎不挑选。遇到什么就看什么，来者不拒。不管是《博尔赫斯七席谈》，还是泰戈尔的《飞鸟集》。不管是美国大法官波斯纳的文丛，还是黄易、倪匡、亦舒、金庸的爽快文字，都看得不亦乐乎。

哪怕我自己出了很多书，做过很多年的编辑，我也觉得，我读的书太少了，远远不够。

钱锺书的妻子杨绛女士也曾经被年轻人问过，觉得人生迷茫不知道怎么办。杨绛女士如此回答："你的问题主要是读书不多，而想得太多。"

我觉得吧，想得太多不是毛病，想得多说明爱思索，如果搭配上读得多，那就没问题了。

人生的烦恼贯穿漫漫路途的全程。我们需要用一辈子去学习。

所以，读书这事最大的真相是，年轻的时候先别管那么多，使劲看，拼命看。看到某种程度，你会突然开窍。发现文字的脉络，思想的精华，以及分辨什么书好，什么书不好。什么书可以反复看，什么书看一遍足够了。

读到足够多，你甚至可以领悟到，哦，为什么这个作家这样写，为什么那个作家不这样写。为什么这个作家令你悲从中来，此生哀伤，长夜痛哭，那个作家令你明理觉悟启发智力。还有的作家令你静默如谜，不再畏惧孤独寂寞，成为勇士。

你还能学到，为什么处理这件事有潜规则，处理那件事有明规则。世事怎么运行，人心如何收服。你开始发现自己真正的兴趣之所在，然后在某个领域继续深读，成为专业人士。

金庸写小说，虚构了一个绝世高手叫黄裳。这本是个宫廷的文官，对武功一窍不通。但他的工作是编辑道家经书，因为害怕皇帝发现差错，干脆细心校点，一边校对，一边博览群书。不知不觉很多年后，他无师自通，写出了一本《九阴真经》，堪称天下武学的巅峰。

此后什么华山论剑，什么东邪西毒、南帝北丐、中神通，这些高手都仰仗这本书，修习这本书，以实现自己的野心或梦想。

那些给你开书单，列出十大必读书的做法，都是瞎忽悠。那些跟你说自己很不爱看书，却文章写得很好，口才棒棒哒，做事有条理，思考能洞察的人都是骗你的。人家闭门练功，出门制敌，成为人生赢家。

　　读书如吃饭，青春发育期，少废话，少挑食，多吃多读，你的心智才会饱满强壮，有丰盛的知识背景去面对人生。

只有你自己

我生之初，属于我的那个时代，全部的世界认知教会我的，就是我最初的构成。

教科书里写的每一种品德，耳朵里听到的每一种训诫，电视里播放的每一种规矩，源源不绝，四面八方。

几乎任何一个人都是这样吧。有生之初，每个孩子都是橡皮泥，被这个捏一下，那个捏一下，最后灵魂成型，奇形怪状。

我小时候听过一个民间传说，有个孩子从小被遗弃了，丢在原野上的森林里，被狼收养了，结果变成了狼孩。虽然是人类的孩子，但却有狼的习性。后来回到人类世界就被当成了怪物。我就忍不住想，这个狼孩面临自我认知判断时，心底该有多么困惑。我是谁？我从何处来？到何处去？

据说这个问题很终极，无数聪明人脑袋都倒霉，想来想去神经兮兮了。

可是呢，一个人一生中，如果从来没有想过这些问题？那怎么算人生呢!

2010 年美国奥斯卡金像奖颁奖典礼上,桑德拉·布洛克的发言很有意思。她得到了奥斯卡最佳女主角,同时也得到了金酸莓奖——一个恶搞奥斯卡的颁奖典礼。她说她经过了大喜大悲,她的妈妈曾经告诉她,别听他们的,做你自己就好。

你看,成为影后之前,她也获得了这样的认识结论。有人说你最烂,也有人说你最佳。

最烂与最佳,居然都集中在一个人身上。你不会怀疑吗?

这个世界上,太多东西的真伪,取决于外界的游戏规则。

人只能认可自己。

最烂,如果喜欢成为一个演员,还是要演,并且把最烂奖杯摆在架子上,不必逃避;最佳,更要好好演,对得起欣赏你的人。

我有时候会想象,如果我是那个传说中的狼孩,会有什么心路历程——有一天我明白了,我来自我自己的命运,与其他人不同,不会拿餐具进食,不懂天文地理,那么,我必定会惶恐。

这份惶恐,只因为你不是别人认为的那个你。

你要听话,你要顺从,你要老实,你要勇敢,你要自信,你要强大,你要成功,你要门门一百分,你要吃得苦中苦,你要做得人上人,你要精明,你要会做人,你要杰出……

你是好的,你是坏的,你是笨的,你是傻的,你很自卑,你好弱,你太失败了,你……

这些"你要"，这些"你是"，会一直存在，永远存在，就像这个世界上永不磨灭的噪声。

重要的不是我是什么构成的，重要的不是你要。

重要的是，你选择做什么样的自己。

而这，需要你一点点剔除，剔除这个人施加给你的偏见，剔除那个人施加给你的强迫。尽管这些施加的人当中，包括我们所爱的人和爱我们的人。他们自己也并不高明。

尽管我们要经历痛苦和怀疑。但最终，我们会遇到只拥有我们自己的时候，也会遇到一些只有自己独自面对一切的时候。

如果他们问狼孩：你究竟是狼，还是人？或者你就是狼人。有什么关系呢！是什么都好，我都要好好活啊。

《空之境界》里有个说法：我们并不是背负着罪来选择道路，而是应该背负起所选择的道路上的罪。

这话也适用于"人生选择"，路还是由自己去走，只不过，我们不应该为了背负起别人的期望和意识而选择做什么，也不应该被过去的自己束缚住。我们是为了成为什么样的自己，而去背负起我们要付出的代价。

所有的赞美，我都承受得起；所有的诋毁，我都消化得了。

生命原本就是仅此一次来人间，看看太阳，看看月亮群星，再悲欢离合几个回合，把我们的聪明才智淋漓尽致发挥出来。吃自己喜欢的东西，远离讨厌的人。

没有什么最烂，也没有什么最佳。

只有你自己。

樱花与鸭脖

彻底领会武汉这座城的妙处，是在我去过中国的东南西北各地以后。

这些年，我出版很多作品，外出频繁，四处讲学，每到一个地方，只要我回答说，我是武汉来的，总会被问起武汉大学的樱花，还有征服全国人民味蕾舌尖的鸭脖。

然后，我就听见兴奋的惊叹：你们那儿的鸭脖好好吃，想去你们那儿看樱花。

这些年，我都不记得我被多少个读者问到，樱花什么时候开？三月还是四月去看最美？

我也不记得多少次给外地朋友寄过鸭脖子，他们纷纷啃到上瘾，找我索取无度。无数次我在高铁上，看着过站的列车里，小餐桌堆满真空包装的鸭脖子，车厢里飘荡着麻辣鲜甜的肉腥味，乘客们的表情如痴如醉。

武汉这个年轻而风华正茂的少年，有几分帅气，有几分狡黠，有几分可爱活泼，又腹有诗书，得千年灵秀。

他的诗情画意，并不会高高供奉起来，而是皆化在生活里。

武汉这个城市的个性，在外地朋友眼里，现在最具代表性的标志物，就是樱花与鸭脖。

事实上，武汉的确是一个有强烈反差萌的城市。

明明是大学成堆的城区，屈原吟过诗，湖光山色美不胜收，名字却叫武昌。因为历史上是兵家必争之地，是战略要点。

明明是开埠以来洋房林立、商界荟萃的城区，却叫汉口，流行码头文化，市民世俗化生活的气息浓郁。这是因为中西经济文化的融合。

明明是高山流水的雅文化发源的所在，近代出名却是以"汉阳造"的头衔，这得感谢张之洞，工业立国，就在他督鄂期间，创造了奇迹。

这少年，一手持樱花，一手拎鸭脖。他可以跟你称兄道弟，同啃一只鸭脖，细谈江湖往事。这很豪放。

也可以听你倾诉，柔情的樱花落下，任凭你把恋曲故事咏叹起来，一派文艺。这很婉约。

可以古香古色，从文化的源头雅起，高山流水遇知音嘛！也可以青春烂漫，黄鹤楼前跳街舞。

一个人的魅力，在于既能豪放，亦可婉约，两全其美。一个城市的妙处也一样，南北荟萃，刚柔并济。你想春花秋月，逍遥闲适，没问题。你想建功立业，也时不我待。就在此地，兼得豪放与婉约。就在此地，择一城终老。

世间的文青不一样

我有一位认识了十几年的朋友，叫木子姐。她有着一种特别风雅的情趣，匆匆忙忙的日子，也过得有声有色。

有一回我去她的工作室喝茶，白色瓷瓶里面插了把藤萝，一个碗里还有几只新摘的荔枝，很有一点《红楼梦》里面探春的品位，看着非常赏心悦目。顺着桌子这头，往那头看过去，我的眼神落在那张青色的布上面，那不被处理的毛边，还有磨损发皱的旧痕迹。实话实说就房子里这些东西色彩搭配来看，还是非常协调的。不过我忍了半天还是问了她。

木子姐直接就哈哈大笑。我没有猜错，那真的是一块牛仔布，而且是她的孩子穿旧了、不要了的一件上衣。

她的茶杯用的杯垫，就更加不用说了，是直接从古玩市场里面淘到的一些碎瓦片，十几块钱一大包。我很喜欢她这种随性而至的轻松调子。

对这些旧物念念不忘，并且蕙质兰心地处理成新的东西，毫无疑问，这正是女文青的显著特色。哪怕她已经结了婚，孩子十来岁了。

我一度以为这应该是生活流派的文青的极致了，结果还是错了。

我还有一个因为出版作品是同一个编辑而认识的朋友。这是个男文青，叫夏炎。

我看见他在群里晒出了很多张小纸片，心里挺纳闷儿的，这都是干吗用的？照片拍得挺远也看不大清楚。

我问他，他说，都是一些衣服上面的商标，他挑选印刷比较精美、留白比较多、排版看上去雅致一点的，用来做书签。

他反问我，你看是不是很环保？

真的是挺环保的。

从前我总觉得文青最做作，不分男和女。其实不然。做作的是一些伪文青，喜欢冷僻的东西，标榜自己特别，与他人不是一个级别，喜欢嚷嚷那些小众文艺电影。其实，现代文明发达丰富，读书、看电影、听音乐是最简单容易的事情，再去豆瓣扯几句不知所云的文艺腔句子，吐槽这个，吐槽那个，一副举世皆浊我独清的样子。旁人眼里，根本就是自恋过度，陶醉得无法自拔。

文青也是有门槛的。读书、看电影、听音乐，至少能在纸质的报刊发表点像样的书评、影评和乐评，才算进了门槛。

我认识的这两位，一个是旅行杂志的前主编，后来还做过佛教协会杂志的主编。但她跟人说话，正常自如得很，不显摆，不故作高深，生活中热心帮人，组织大家春游，去吃农家菜，不亦乐乎。

　　另外一位是个写小说出了本书的年轻男孩儿，眉清目秀的，有时候聊起天来，他的吐槽水平达到了舌灿莲花的程度。但是光会吐槽不是优点，一般只会成为朋友圈里的讨厌鬼。他既能吐槽，还能自嘲自黑，拿自己开玩笑，是个有趣的人。

　　我有一回问大家，百吃不厌的食物有什么？

　　他在一群回答里接话，嘴巴。

　　我被逗乐了，看来这是个恋爱至上的家伙。

　　总的说来，他们都是真文青，不是伪文青。那种看似高深、鄙视众生的文青，很讨厌，长期接触下来，总会发现，其实真正知道的东西不多，也没搞懂。

　　世间的文青不一样，我喜欢这一种类的，细腻地把心思放在了普通人忽视的事物上，融入生活当中去。尤其是他们的这种细致是让人觉得很舒服的。跟别人，跟这个世界，不是敌对关系。

　　或许他们成长中跟这个世界也有过难堪，甚至内心抵牾，但最后自我磨合，身心一致，成为了可以温柔共处的人。这是很美好的改变。

　　生活属于每个人自己，可以过得粗糙开阔，也可以过得细致爽朗，但唯有彼此和睦相待，才能平安喜乐。

我们心中的爱和怕

炎夏的末尾，我应邀请去做一场读书会活动，在古老的洛阳城，繁华市区里新建的一家王府井购物中心里面。

去之前，我不知道现场是什么样。一直纳闷儿，第一次有服装品牌邀请我合作。

去之后，我惊讶了。原本，我想象中，这家店是一家纯粹的服装店。但是，整个店处处摆满了书籍、纸笔和文化周边产品，简直就是一个大型而美好的书店。

设计师还给我做了一个装置艺术，作为讲台背景。我强烈感觉到，布置现场的设计师，很有他的用意。

左右两张大幅海报，各有一个通红的心，用红色的丝线串联起来。剩下的，是大面积留白。

在以往的所有的签售会、读书会、阅读结合手工活动、讲座，我都没遇到这样的设计。我心想，太好了。

好在哪里？

越是简洁的事物，越能够激发联想。

隔天，现场的人越来越多，我站在海报前面，看着满怀期待的许多张面孔。我笑了一下，说："我想请每一个人站起来，告诉我你对海报设计的看法。"

"我觉得，这两颗心，通过丝线连接，象征的是日积月累的亲密。所以，我觉得是幸福的。"

"我觉得很难过，甚至有点疼。那么多的丝线，透过心。"一个穿着黑色衣服、有一点成熟的女士说。

"我想，这代表着美好，因为无论如何，他们是在一起的。"一个年轻的女孩说。

又有一个女孩说："我感觉这两颗心是不一样的。你看，右边那颗的轮廓边缘完整顺滑。而左边的，似乎伤痕累累。"

我回头仔细看一眼，还真的是有细微差别，这一点连我都没注意到。这个读者粉丝观察很认真。我点点头，称赞了她。

还有一个男孩说："每一道丝线，就是他们之间发生的一个故事。所以能够走得越来越近。我觉得很棒。"

我觉得这个男孩说得很沉静，忍不住表扬他，"你的看法很积极正面。"

在这个男孩旁边，还坐着一个漂亮的女孩，戴着猫耳朵发箍，看起来青春照人。我猜他们是情侣，"你们俩是一对吧！一起来参加现场活动嘛！你呢，你对海报的画怎么看？你觉得男朋友说得对吗？"

猫耳朵女孩却羞涩地否认了,"那个,那个,他不是我男朋友啦!我倒是觉得,这两幅画并列放在一起,其实不只说的爱情。虽然通过红线连接,但,还有大面积的留白啊。这些留白说明,我们也有亲情、友情,还有自己的空间,做自己喜欢的事情。"

直到,一个一直很沉默的女孩说:"我失恋了,我觉得很悲伤。"

我让所有到来的读者粉丝,都说出了自己的看法。然后,我退回到原来站立的位置,反问:"大家想知道我的感受和看法吗?"

我轻轻地分开海报的缝隙,招手让大家都来看。大家拥过来,表情惊异。

原来,海报后方别有洞天:一男一女的壁画头像,一个英文单词"home",还有日常生活用品:碗筷、杯子、水龙头、酒瓶、餐桌……这些物品摆放在一起,散发着温馨家庭气息。

大家流露出恍然大悟的神色。

一个学生模样的粉丝说:"您是想说,在各式各样的爱情观背后,原来我们向往的终点是家,对吗?"

我摇头:"不,不。这不是我的感受。"

我想说的是,年轻时候,怀着对爱的憧憬,我们交付自己的心。但是,有的人交付了,对方却不接受,只能怀揣着一颗真心,继续寻觅。

还有的人,交付了,在一起之后吵架闹矛盾,虽然结婚生子,多年后还是觉得难受不合适,放弃家庭分开了。

有一些人，虽然人一直在一起，但心却各有所属，惦记着他人，就这么貌合神离地过下去。

还有一些人，彻底分开后，却又忘不了，觉得遗憾可惜，思念不尽。但客观条件改变，无法回到原本的关系。

每一个人都有自己的爱情观和价值观，都挺有道理的。但是，观念是对过去的总结，无法概括所有的人生，所以别让自己的灵魂固执僵硬。

这一切，都是因为，生命是流动的。

因为流动，就会有新的变化。哪怕从前稳固幸福的关系，也有缝隙。

因为流动，我们又充满了可能性，处于单身状态的人有希望遇到新的人，诞生新的故事。

我一拍手，说："好了，这就是我的态度，我讲完了。我们来签书。"

我的那些可爱的读者粉丝就嘻嘻哈哈冲过来。

其实我也留白了。我只说了，不该灵魂硬化，剩下的我用来给自己书写，让听众去想象。

生命的这种流动，并不是天长地久的。

就在下午的签售交流之前，我和分别十年的老朋友相聚，匆匆忙忙去了龙门石窟。

龙门石窟千姿百态，据说有十万多尊佛像。他从前答应过我，只要我去洛阳，就陪我欣赏这千年艺术结晶。

我终于见到了最大的一尊卢舍那大佛。

佛像已经存在了千百年，无数人见过它。它却一个人都没有见过，因为它只是石头雕琢的佛像，它是世界重要的艺术品，但并无生命。

跪拜的人，求的是自己的心，想要的东西那么多，忧愁的事情那么多，不求大佛，也会去求别的什么。

带着家人游览摄影合照的，是享受亲情。某年某月某日，在这儿玩过，多年后拿出照片可以回忆。陪同朋友对比十年前后的容貌气色的，见证的是友情。手牵手亲密看风景的小情侣，当然是沉浸于爱情的甜美中。

再过一年之后呢？

我的老友刚满四十岁，人生的不惑之年，下一次再见，我们大概就奔向知天命的年纪。

那些举家出游的人里，孩子会长大，离开父母；父母会老去，祖辈年纪更长的，甚至告别人间了；情侣们还年轻，未来聚散不定，也许各自换了伴侣。

佛教里的经文，特别喜欢强调欢喜无常，也就是什么都会流变的意思。

人生唯有以无常对无常。

第二天上午，老友陪我最后游览一段行程，去洛阳老街。

我们谈到了一些生活琐碎。

他说，他的家人是企业的工人出身，对他喜欢的一切都不以为然。

在他的妈妈看来，人就该好好上班，老老实实，不要看闲书，亲友态度也是一样。

他喜欢画画，虽然没专门学过，但我看过他画的佛像，很精美。至今，他妈妈觉得他是年纪老大不务正业。

于是他仍然留在一个老式的单位里，做着办公室工作。

我回忆起当年选择辞职，不想朝九晚五的时候，我的妈妈万分惊恐，害怕掉了饭碗会饿死。夜里，她忽然从卧室走出来，坐在我的床边，"几十万房贷啊！没工作又没稿费怎么办？"我啼笑皆非，却全然明白理解，唯有叹一口气。我真不忍心看她这样惶惶不安。

因此，我又工作了三年，像淤泥一样，在单位里充满厌倦地待着。直到我有点积蓄，另外还安置了房子，妈妈才一半担忧一半放松。

我趁机流动了，从此投身无业游民，成为自由自在写作为生的作家。

我们还提起共同的朋友，嫁到了广州，衣食无忧，身在别墅。但她仍然有她的不足与惆怅。我去广州短暂工作的几个月，碰头过一次。太阳底下，烦恼类似。最近她去做公益了，也默默祝福她。

仅此一次的人生，不胜枚举的牵绊与挂念，因深爱而不忍，为自由而烦恼。

他说，他活到这个年纪，才觉得，再也不想管别人的闲话，也不想完全按照妈妈的喜好去生活了。他就是喜欢读书，喜欢文学，喜欢活泼的生命力，喜欢和驴友出行。说闲话的人，其实很快就忘了为什么说你，你自己还在耿耿于怀，简直吃大亏。

我为他高兴。他心里头都明白，只是从前受到的束缚太深，无法放开来。

进了丽景门，繁华又热闹，字画古玩小吃衣物，人头攒动。走着走着，穿过这座鼓楼，顿时一片寂静。沿途都是冥事用品店铺，路面空荡荡，没什么人了。

一条老街，分了东西，以中间的八角楼为界。

西大街烈火烹油，东大街冰凉无味。

我挺想生活在热闹的前一半街上，却喜欢后面的这一段路，心平气和，冷清明白。

生命流啊流，从少年到暮年，然后离世。身后事交给了亲眷后人，到东大街采购用品，以完仪式。

这是人生的有限性，一直都放在你面前，看你是否愿意去想起。人势必独自走到尽头，灵魂枯萎，化为尘土，不再有温度，更加不会再流动了，而是固定在时空的那一刻。

我们从西走到东，又从东走回西边。吃花生，掰面饼，喝羊肉汤。汗水汹涌，但也挺酣畅。正是立秋后的头一天，喧嚣世界再次扑面而来，日光弱下去，凉风吹起来。

有一天，我们的生命不再流动，在此之前，我愿选择尽情流淌。

子女如风，父母是树

二十多年前的一个小城，他出生，团团可爱。所有人祝贺。第三天，母亲爱怜地抱着他，从头看到脚，无限地疼爱。但是，当她看见他的右脚时，额头开始冷汗冒出。婴儿的脚掌居然彻底地向上弯屈着。母亲又急又痛。怎么办？问医生，医生束手无策。

她一个念头冒出来，坚定得再也无法更改。刚刚出世的小孩子骨头还没有定型，一定可以恢复正常。

他出生的时间是盛夏，中国中部地区的温度始终在 38 摄氏度以上，人不动就那么坐着都大汗淋漓。卧床休养的每一天里，她顺着小孩的脚背，一下又一下抚摩。不能够太轻，太轻就没有作用；不能够太重，太重会弄疼，甚至弄伤婴儿。闷热难以忍受，婴儿不停哭，她不得安息，连休息都是半睡半醒。而生产后的母亲是那样虚弱，父亲在外地工作，请的假期一完就要回岗。想象不出，她带着多么大的心痛和焦虑，多么漫长的折磨和耐心。一个多月后，居然有了效果，原本完全贴着小腿的脚背，逐渐脱离开，她欣喜若狂，却哭了。又一个月后，婴孩的一只脚掌正常得谁也看不出曾经的畸形。没有人数得清楚，她用了多少次的抚摩，才让一个本是蹒跚一辈子的孩子，今天能够一步一步，安稳如磐石地走。那，恐怕是一个天文数字。

这个故事从木讷老实的父亲口中讲出来，比什么都精确。他听了久久无语，心下暗暗发誓。

中学时候，大雨下得最厉害的时候，天是黑的，雷声轰隆吓人，忽明忽暗的。他在放学的第一时间，抬头看见母亲带着伞站在教室外面。雨是那样得大，温度那样低，两人深一脚浅一脚地往家赶。到家的时候，收起伞，他分明看到，母亲的肩膀半边全打湿，而他却仅仅湿了双脚而已。

大学的一个冬天，他偶然拿到一笔稿费。于是在寒假回家前，提前买了一件白毛衣送给母亲，到邮局打包寄回去。等到他回家，母亲毛衣已经穿上，但似乎单薄了，晚上就感冒了。

那毛衣太小，其实塞不下微胖的母亲，穿了毛衣便穿不了别的。那外面为什么不穿点别的？他很是不理解了。母亲稍微惊讶了，然后些微尴尬地脸红了。

清理杂物的时候，他发现保存得好好的包裹盒子，那里面分明是他写的家书，仔细看下来，其中一句说：妈，你穿着这个显得年轻，可别再套上别的衣服了，回来我要看看怎么样。

他难过了，"我没买好，你换以前的那件厚的吧！"他给母亲的，原来恰如糖精，即使不是存心地偷工减料，也有点贪图方便，并非自以为的那么体贴孝顺。但就那么一点带苦的甜，她却也能够回味无数时间。

毕业不久，在外地城市工作以后，他便常常和朋友出去玩。节目的内容无非吃饭、唱歌、喝酒，然后在摇晃着和迷糊中，打的士回来，那时候，已经是凌晨。

那一次他仍然习惯地凌晨回到小窝。才靠近门口，就听到电话剧烈地响着，他仍然迷糊里拿起听筒："喂，谁啊，这么晚还……哦，是妈啊！什么事情？"

但电话那边，起初的呼吸极其急促，万分惶恐的样子，"才回来吗？""是啊！"

渐渐，母亲的呼吸平静了。

"没事，就是问问你最近情况。好久没打电话回来了，记挂着。"

睡意蒙眬之中，迷糊地一问一答，他说："哦，我知道了。我很好，不要担心。"他太疲倦了，很快说了晚安，挂了电话入睡了。只是记得最后一句，是"记得关好窗户盖好被子"。

第二天一大早，房东问他："昨天你家里是不是有什么急事找你？十点钟响了几遍电话，没人接。从十一点一直到凌晨一点半，一直就响个不停。一点半过后，才不响了。"

早上的阳光温煦和缓，一点也不刺眼。阳光打在他的脸上，他的眼泪却忍不住掉下来。凌晨一点半，恰是他挂了电话的时间。在没有接到电话的时间里，他的母亲，心都提到了嗓子眼儿，那份忐忑不安，他完全能够想象到。即使隔着千里和万里，母亲打来的电话铃声，也响彻他灵魂的上空。那么多年前的往事，母亲照顾他的，一件一件清晰地出现在眼前。

从此，他再不超过十二点回家，超过了，电话打回去，预先报告一下。

儿女像风，父母如树。风吹过那两棵岁月渐老的树，哪怕是一枝一叶地摇晃，都关乎深情。他总算明白了，为人子女一场，远游在外，唯一能够给妈妈的报答，就是不要再让她牵肠挂肚了。

外婆的安抚

初夏时分，去乡下探望了外婆。

八十来岁的外婆，仍然坚持要去田地里种菜，她养的一只鸡和一只鸭扑腾闹着，穿过篱笆往池塘边跑过去，大概池塘那边有新鲜的昆虫或小螺蛳。

乡村的生活条件其实很恶劣，但是小时候我却特别喜欢去外婆家玩。

现在算一算时间，我的童年时代，外婆大概五十来岁。村子里有很多池塘，外婆家的门后池塘清澈干净，小小的鱼儿游来游去，我就蹲在池边，看得入迷。外婆教我，用一点点碎米，撒进一只盆子里，再把盆子拿布盖住一半，手脚很轻地将盆子放进池水中。

黄昏时候，我简直万分欣喜，只要动作飞快，稳稳地拿起盆子，不花什么力气，就能收获很多小鱼小虾。别人家的炊烟升起时，外婆也开始做晚饭，她把小鱼虾们裹上面浆，拌一点盐和胡椒粉，细心地一枚一枚油炸好，这一碗鲜香的菜，就是特别用来招待我的。再加上两样新摘的菜炒好，新煮的米饭清香甘甜，我的筷子赶不上我的馋嘴了。那时候，外婆乐呵呵地看着我大口吃，她自己不吃。

也有时候她会自己酿米酒，酵母和蒸熟的糯米搅拌均匀，盖上一块布，等着里面自然发酵，溢出酒汁，甜酸当中带点辛辣。多喝几口，我的脸孔会泛红，想起背诵过的诗"共君一醉一陶然"。外婆姓陶，这个姓氏挺诗意的。

而今相隔远了，一年大概去看望一趟。外婆一口气煮了十几枚鸡蛋。走地鸡生的蛋，水煮了加点白糖，其实特别鲜美。我却只吃了一个，其他的推给外公外婆，劝他们多吃点。

如今的我，看着外公外婆吃，反倒更加开心。

我也慢慢地体会到，幼年时，外婆看着我吃得开心她也开心的心情了。

我买了很多吃的带给外婆，专门挑那些软绵绵的绿豆糕、面包、酥饼，还有软嫩容易咀嚼的卤鸡。

少年时代天真烂漫，心中无知无畏，容易快乐，开心这种东西，得来全不费工夫。

长大后，在昏昏沉沉加班时，在漆黑深夜里独自伤感时，在梦破碎的时分，在沉痛之极大哭之时，在疲乏厌倦工作时，我脾气暴躁不堪，觉得人生太难熬。忽而想起外婆，记忆纷至沓来，心中觉得安定。

人生，总有一些回忆，在那些承受困苦的时候，回想起来会令你渐渐心平气和。那是生命最初的珍藏，轻易不会动用。

　　我的外婆，她白发苍苍，照常劳作，照常吃饭睡觉，照常抹泪，也照常大笑。她走起路虽已经摇摇晃晃，视力也不行了，但她并不当一回事，说起生死，坦然无比。我觉得她心如琉璃，洁净明白。

　　那天她刚刚从屋子后面的菜园子回来，手上还沾满田地里的泥土，煮了十几枚走地鸡的蛋，清水荷包蛋，但足够浓郁香甜。

　　我渐渐明白"家有一老，如有一宝"的意思了。那是心念的依托，仅仅是看着老人不慌不忙，见惯了世事光阴、经历过大喜大悲的淡定，自己也会淡然安定下来。

　　她人生中活动的范围至今没超过方圆一百公里，却能平复安抚走遍大江南北、跨越千万里路的我。

无所事事的美丽

我家住一楼，门口的桂花树浓香之极，人在家中，也能闻到它馥郁的邀请。本来准备简单买几件电器就到小公寓去住一段时间。那种高层建筑的房子，跟地面上的鸟雀植物拉开了距离，总觉得少点生活气息。

舍不得这份草木清香，想想看还是决定冬天再挪过去住。

武汉的夏天闷热潮湿，人动动就出汗，蝉叫得萎靡不振，唯有植物们不慌不忙，淡然镇定地翠绿着。就因为有这些花花草草，小区里的温度比大街上低好几度，清凉多了。当时买房子就是一眼看中了这些花草树木。

这世上有什么生命能无所事事并且美丽着？我想大概就是这些植物了。

就说我回家路途中必然经过的那几棵橘树吧。

它们的果实太酸，无人去摘，恰好种在斜坡土丘上，阳光也充沛，从来不缺水。小区里不缺食物，就连鸟雀和猫都互不打扰，它们拉在树旁的大便化为了肥料。

那几棵橘树就这么枝繁叶茂着，一年四季都那么青翠，硕果累累，再满地坠落，彻底腐烂为泥，滋养它们自己。

它们安安静静地弥漫清香，不为任何人，也不为它们自己。

秋天最明亮的就是银杏，金灿灿的树叶足以令秋天都减少一半的萧瑟之意。

还有桃李和梅花。

李花比春风早到一天。蜡梅的清香是透明无色的瀑布，眼耳口鼻舌均感其馥郁。李花是白白嫩嫩的姑娘家，要院落和溶溶斜月来配。

阳台前的栀子花，夏天盛开，又大又香，雪白可爱，开车的人，车厢里放几枝栀子花，清香冷冽，就闻不到别的杂味了。

去年冬天，就在家门口，我趁着花草树木在雨雪里洗过澡，模样干干净净，逐个拿植物识别软件辨认。我认识的只有常见的睡莲、莲、玉兰、晚樱、银杏、美人蕉、杜鹃、木樨、棕榈、栀子、紫薇、皂角、迎春花、绣球和山茶花。

还有一批，是家里人看到结果子了告诉我的，有枇杷、柑橘、柠檬、柚子。

没想到还有这么多其他种类：海桐、花叶青木、红枫、鸡爪槭、绣线菊、乌蔹莓……

我深爱这些人间草木，爱它们无所事事的美丽。

八十八夜的茶摘

我曾经写过一篇散文，提及世界上的颜色，是有细微差别的。色彩学里，会用具体物质将这个世界的表现颜色来标注区分。有一家日本公司，出品了五百种颜色的铅笔，并且给每一种颜色都赋予了一个名字。

那些名字念起来就有了朗诵诗的感觉：日本海的渔火、杨贵妃的梨花白、彗星的传说、故宫的夜、八十八夜的茶摘、朝露打湿的牧场、京都的屋根瓦、长谷寺的牡丹……

大部分的名字，我都能直接意会。只有八十八夜的茶摘，我不是很懂。当时不求甚解，也就跳过去了。

有一天我买抹茶，店铺里面附带教顾客怎么区分抹茶和普通绿茶，仔细比较辨析了十几种产品。我这才知道，抹茶是要采取特定时期的绿茶来做的，并不是把绿茶磨成粉，就是抹茶。

在日本，立春之后的第八十八天夜里，茶农要抢收新茶。时间早了或迟了，茶叶就达不到最好的口感和色泽。茶树是有自己的生长规律的。

茶叶的色泽取决于叶绿素的含量，口感则取决于茶多酚、氨基酸和一些芳香酯类的含量。春天阳光温和，夏天阳光强烈，直接影响这些物质的产生比例。

八十八夜是色泽和口感取得最佳平衡的时间。这个时候的茶摘，可以制出鲜美碧绿、味道浓郁的绿茶，再研磨成抹茶粉。

这种真正的抹茶，以水冲开，绿得特别鲜明艳丽。那家日本公司对铅笔颜色的命名，如此细致精确而又诗意美感，令我叹服。

很多美好的事物，是深沉悠远的，也是极为珍贵的，它们的美好不是一下子就能发现的，需要我们多一些耐心。

一个人的心用在哪里，是看得见的。哪怕短暂时间内看不到，年深月久，当我们的心智足够成熟，所知足够丰富，就越来越能够感知到美，觉察创作者深沉的用心。

人的开窍和质变，是一种奇妙的诞生。

懵懂的顽童，忽然沉静下来；僵硬的心弦，骤然被拨动；冰封的大地，染绿以春。

......

悲伤、喜悦、深刻、愤怒、浅显、忧患、惊恐、无畏，

人性共通的这些部分，经过形式的加工，呈现出美感。

甚至不必过于加工，仅仅是呈现出均衡或奇崛，

都足以打动我们，艺术正是人性的凝聚，它就在万物之中。

第二章

万物之中

有艺术

万物之中有艺术

写作之余，我有时候会漫无目的地乘坐市内公交车，来了什么车就直接坐，下车了随意换一辆。

那一回，我坐到了湖北美术馆门口，心里一念转动，不知道馆内今天有什么展览，于是下车，到门口安检。我领到免费门票一看，是瓦尔达的装置艺术世界巡回展。我对这个摄影师并不熟悉，就随便看看。

一堆土豆里，露出一张笑脸；碎石头堆叠出坟墓，上面开了几朵小花，风吹过时，花朵微微颤动。

那一刻，我觉察到一种难以言喻的绵软悱恻。我就原地站着停留了好一会儿，一直看着那堆平平无奇的石头，和小小的花朵摇摇晃晃着。这不就是面对生死的态度吗？生命湮灭与循环，墓中人腐朽，鲜花正摇曳。

我被感动了。回过头再去看展览资料介绍，原来这个老太是著名的新浪潮导演。

十来岁的时候看《红楼梦》，看不懂什么人情世故，吃吃喝喝看得热闹，都是些哥哥姐姐妹妹奶奶老祖宗，一团锦绣繁花，各种闹腾，新奇复杂。

但是，最后盯着引子曲里的四个字——"试遣愚衷"，居然直接听到了书里藏着的老灵魂，他在叹气。这个老灵魂，解释了他为什么要写这么多字儿。他对人世间感受至深，必须通过一部鸿篇巨制来表达，通过创造小说来妥善安置自己的心。

从听见这叹息开始，我心里咯噔一下，忽然抬起头环顾四周，这天，这地，这熟悉的万物，天天打交道碰头见面的人，变得如此陌生，我又明明身在其中。

继而心中涌起异样的酸楚，眼眶酝酿出眼泪。眼泪不再是条件反射的分泌物，而有了意味深长的喻义。懂了"试遣愚衷"，我就有了质的变化，也开窍了。

人的开窍和质变，是一种奇妙的诞生。懵懂的顽童，忽然沉静下来；僵硬的心弦，骤然被拨动；冰封的大地，染绿以春。

以往，我对古典音乐并没有什么爱好。

我甚至时常怀疑那些乐迷们的行径，他们使用各种赞美来诉说听古典音乐多么高雅深刻，这更加令我觉得他们在伪装高大。直到某一天，我偶然听到法国音乐家德彪西的一首作品——《冥想》。

那就是很简单的音符组成的乐章，却穿透颅内，直达脊椎，全身响应。我只觉得周身皮肤一阵似麻似痒，然后平复静寂。就像是炎夏时，我们大汗淋漓回到家中，打开冷气机，温度降下来，皮肤水分被抽走，变得干燥，浑身轻松下来，心境如无风的湖水，清凉安详。

准确地说，我觉得自己被释放了。从尘世间的囚牢，释放到广袤的宇宙之间，冥想无止境。

你若问我艺术是什么？我觉得艺术是惆怅，也是惘然，更是深彻的感动，全身心的触发。艺术是我们在缥缈人世间的觉醒，恰似长夜中闪电的照耀。无一不是袒露、欣喜和欢愉。

艺术并不深奥，也不晦涩，艺术是我们内心的外化。只不过因为人的内心深处那份幽微，想要表达的事物太难完整地传达给别人了，所以往往采用婉转曲折的方式让人去领悟。于是，就显得特别玄乎，特别神秘。这也是没办法的事情。

譬如我闻过深秋时分桂花最浓郁的香气，但我有一位朋友，他的鼻子因先天基因缺陷导致嗅觉失灵，无法闻到香味。我该如何形容才能让他明白那种香气带给我的感受？让他感受到我的感受？

我写过一首小小的诗，索性发给朋友：一棵桂花树 / 在秋天有多嚣张 / 我只是跟它擦肩而过 / 就被它的香气一路追杀 / 浑身沁凉。

这诗怎么样，是另一回事。但朋友读后，微笑起来，若有所思，他反问我："香气也能追杀？我怎么想起小时候被蜜蜂追着叮了？有意思。"我当时哈哈大笑。我知道，或多或少他有所意会。有阅历的人，自然懂。

艺术是慈悲宽容的，它被创造诞生之后，容许任何误解和误读。

最重要的是你的内心被唤起，开始感受这个世界的一切。

悲伤、喜悦、深刻、愤怒、浅显、忧患、惊恐、无畏，人性共通的这些部分，经过形式的加工，呈现出美感。甚至不必过于加工，仅仅是呈现出均衡或奇崛，都足以打动我们，艺术正是人性的凝聚，它就在万物之中。

人类永远有人类的局限性，而艺术，让人成为"人"，成为万物之灵，高于其他动物。一个人和另外一个人，完全可以在人格上平等，但艺术令人更有人味儿。艺术可以是音乐、文学、舞蹈、绘画、工业设计、美术、建筑、话剧、游戏等各种形式，一个人一生中，一定要了解一点艺术，欣赏一点艺术，乃至创造一点艺术。否则，我们只是吃喝拉撒繁衍，与动物有什么区别呢？

即便是乡间没有上过一天学的孩子，在地上拿芦苇摆出一条鱼的形状，他就实现了一点艺术。即便是一个大城市里面醉心金融债券，积累资产从来不读任何文艺作品的中年男子，在他严格自律、康德似的生活里，另有一种整齐秩序之美，也是在呈现艺术，哪怕他自己都意识不到这一点。

但我们终归还是要从无意识走向意识，从被动地感受艺术，走向主动领悟艺术。艺术令我们的生命真正变成人的生命。一切艺术归结于人本身。

瓦尔达何以感动我？德彪西何以释放我？一首小诗如何使我和他人产生默契？不同文化、不同民族都能从达·芬奇创作的微笑女子画像中找到恬静、神秘和迷人。一个中国人去了解《荷马史诗》里的奥德修斯，也能从中读到对家庭的认同，对故乡的眷念。

正如雕塑的兴起是为了表达人们对神话人物的仰望，绘画服务于眼睛，音乐服务于耳朵，文学故事传播了古老的知识，诗在慰藉和鼓舞我们的心灵，舞蹈用身体叙述爱恨庄严，电影混搭了以上，又走向人性的深处，这些都统摄于我们的灵魂。

艺术是殊途，而我们同归于人性的共鸣。

十年前扇过的翅膀

人生有巨大的不确定性。

我从小就挺宅，不爱跟其他孩子玩，十七岁那年开始，我在法律系的教室听到各种故事，很多让我瞠目结舌。大学时写作很顺利，也只是笔头功夫，然后毕业去了一家心理学杂志社。我纯属好奇。

我并不知道，我打开了人间的潘多拉盒子，见到深深海底才有的奇异斑斓。

当时，我的单位硬性规定必须值夜班接咨询热线电话，当然了，夜晚回家不方便，会给五十块钱的车费补助。

我们好几个同事不乐意，说，为什么不邀请社会义工参与呢？

领导回答，社会义工根本没有知识背景，有的自己都有问题，不像你们天天熏陶，有基础。

但是当时的我们，写一篇文章几百块，谁也不乐意浪费时间在这件事上。

不过，我又有一点好奇心。我之所以选择这家杂志工作，就因为怀着对他人的好奇心，说得俗一点，其实是一种写作偷窥欲。

说不定有精彩故事呢？

就这样，我怀着不满，讨价还价协商后，愿意一周接听三次，并且增加我的编辑版面，相当于间接提高补助。

在深夜，我开始跟全国各地无数千奇百怪的人谈心、谈人生，各种你能够想象到的奇葩人士、边缘故事，时间久了，便司空见惯。用术语来说，叫脱敏。

比如动不动就有人打过来，哭着嚷嚷要自杀，准备放弃一切。至于失恋的，被父母抛弃的，说自己破产的，层出不穷。

有的故事，让你难过落泪；有的故事，让你愤怒。但这些情绪都得控制好。接到了问题，一般我会按照电话咨询手册的标准回答来应付。应付不了，请他们明天接着打电话。

也有纯粹是无聊搞笑的人，电话一打过来，就唱歌，问我唱得好听吗，说自己有个梦想——成为歌星。我只能忍住笑，闲聊几句，建议他不要耽误他人宝贵的求助时间。

当然了，搞不懂的问题，我会隔天询问那些知道是怎么回事的。

后来我又玩票性质地当了半年记者，一会儿飞去北京采访高级官员，一会儿去小城市参与医学会议，一会儿去山村了解最底层人的生活。

最终，我变成了一个见多识广的人。

后来，我去很多的大学和知名企业做讲座。登台讲座浑然忘我，从不紧张，效果奇佳。我自己都想不到，我当年接热线电话，会锻炼出表达能力。

那些我不喜欢的、我厌烦的、我抗拒的人生阅历，一点点构成了我。不知不觉，居然功夫就上了身。一出手还很吓人。

十来年以后回顾，我发现我做过很多事情，有过很多积累。不管是压力之下被迫去做的工作，还是出于兴趣爱好去客串的事情，我都去做了。

十年前我扇动翅膀，构成了当下的我。

有一部电影叫《蝴蝶效应》，我第一次看的时候，当科幻片看的。但多年以后，我却有另外的看法。伊万总希望能通过改变自己的过去，来造就满意的当下。但事实上，过去就是过去，牵一发而动全身。

男主角每次回到过去修改，都会导致一连串的时空扭曲，事情的发展跟着改变，失去控制。

蝴蝶效应的故事源头是气象学家说南美洲的蝴蝶扇一下翅膀，通过种种因素，就可能引起亚洲地区的一阵台风。

这个故事本身在气候学科研究里，是不大被承认的。蝴蝶扇动风暴的概率极小，受很多因素影响。

但对于人生来说，正是被一个一个的转折所造就的。人跟昆虫不能机械类比，人的力量和未来，一旦开窍上道，汲取知识和智慧，勇猛精进，不可思议，超过想象。就像普通的师范大学毕业的马云，奔波推销网络黄页的时候，不可能预估到自己能成为中国互联网企业老大。

我们在这世上，选择什么就成为什么。你是什么，你便选择什么。人被塑造，也自己塑造自己。做过的事情涌出的念头构成了此时此刻的我们，再走向下一步。

十年前，我是一个怀有好奇心的人，我也是一个想要摆脱既定生活的人。

我放弃父亲本来找过的关系，没有去枯燥的单位上班，我放弃了政府网站总编的邀请，去了心理学杂志社，我想搞清楚心中的各种困惑。我很早就买房，然后又放弃工作，选择自由职业。

就这样，我一步一步变成了现在的我。

如果当初我完全拒绝了深夜值班电话，我或许就一直埋头编辑稿子，沉浸写作，不怎么跟外界进行语言沟通。

而现在，很可能，我会在一场又一场的讲座之后，成为一个演讲达人。

深宅写作带给我宁静，带给我自我的对话与沉思。而讲座，我在很多次现场面对面的交流中，遇到很多有趣的细节，很有特别的现象，甚至碰撞出很多奇妙精彩的火花。我得以验证思索结果、修正观点，继续累积阅历。

人本身，才是最大的资源宝库。人生可以规划，并且要努力，但不该死板僵硬去执行，也不要拒绝尝试改变。遭遇失败，要能反思，然后站起来。

　　最终，我们都会完成自己的一生。如今我很清晰明确自己要什么，并且朝着这个方向走下去。如果沿途还有惊喜和改变，我也会凝视它，思考它，审视它，选择它。

　　荣耀声名、经济回报，都是附属而来的，辅助我们获得更多的人生自由和内心满足。

　　我一直怀着这种笃定。

若有人握住你的手

三十岁那年，我在广州一家杂志做主编。因为很讨厌挤地铁，我就租了公司附近的房子。走路去上班只要五分钟，还能经过便利店买一份饭团和豆奶。

房子是某个军区的家属宿舍楼，一共有九层楼高，不带电梯。时间太紧促了，我临时决定就职，虽然只有一间八楼的单间，我还是租下了。

在此之前，我到广州旅行过很多次。真正地住下一段时间，我才发现南方的天气是多么的潮湿啊。草木似乎生长得格外茂盛，墙角夹缝、屋顶或者楼梯之间，无处不在。难怪那些民谣歌手们动不动就喜欢写南方。

要命的是，衣服总是干不了。夏天炎热高温，呼吸的时候像在蒸桑拿。

我自己在武汉的那几套房子，要么在一楼，要么有电梯。对比天天爬楼的上班生活，还要匆匆忙忙地按指纹打卡。我第一次对自己产生怀疑。我干吗要在这个城市，吃这份苦？我已经不是初出茅庐的年轻人。

尤其是谈好薪水按一个主编来计算的，然而到任后我主管的是两本杂志。这不就相当于打了五折吗？不知道是我傻，还是这公司把我当傻瓜。

还有审美糟糕把封面做得烂透了的美编，人力资源部新招聘来的小编，连稿子里的错别字都不修改，还振振有词地狡辩作者就是这么写的。

这也不是我第一次做主编，我对这些家伙失去了耐心和容忍。

最令我受不了的是，这公司渴望着挂牌上市，财务每天都在重新做账，所有不善于填表格的职员，痛不欲生，怨声载道。大量时间耗费在反复填表，填各种流程例会报告上。我从前工作过的正儿八经的国企杂志，都没这么烦琐无聊呢！

我忍不住单独找总经理聊了一次天。我甚至在开晨会的时候拍桌子，骂了财务主管。开完会之后，我手下小编偷偷跟我说，从来没有人像我这么胆子大。据说财务主管是最大的老板的亲戚，我忍不住冷笑了一下。

继续上班的日子，并没有人敢来惹我，也没有什么打击报复。甚至有的部门主管很佩服我敢说，他们敢怒不敢言。其实，只是因为我本来就是这个圈子的名作家，并不害怕丢掉一份工作。每个月随便写点东西，都比这份工资高。

我是一个异类，在那个公司里。这种孤独难以言喻。

某一天早上，我刷完牙、洗完脸，一步一步往楼下走，忽然看见一楼掠过一条白色的影子。那是一只小小的雪白的博美犬，平时都是它的主人牵好狗链，带着它溜达。那次不知道怎么回事，狗主人居然放纵它，快活地撒欢儿。

我旁观了几分钟。博美犬一会儿上蹿下跳，一会儿花坛打滚。那几分钟的时间，特别漫长。

我想起我曾经养过的那只狗了。我放弃自由自在的生活，是因为还有一点点事业心。二十五岁那年辞职后，在五年的自由职业生涯里，我其实有一点怀念上班的状态，有同事一起热热闹闹逛街寻觅美食，有看不惯的事情可以开骂吵架。一个人旅行写作出书，始终还是有一些寂寞。

所以我接受了这家公司的邀请，南下一千多公里，又去朝九晚五。这是我短暂的不坚定。我后悔懊恼了。

那天回到办公室后，我写了一封非常简单的离职信。

也许天底下并没有太好的公司，也没有太坏的公司。只有自己是否需要这样的工作。

我给房东打电话，告诉她，我不要押金了，后天就回武汉。

我收拾好我的笔记本电脑、文件资料，把还算新的生活用品送给了当地的朋友。凌晨两点的时候，我清醒得像一只猫，在高楼上眺望夜里的广州，灯火璀璨的街市，隐约能够听到几百米之外吃夜宵的店子里的喧嚣声。

那一刻，我的心中又欢喜，又寂静。

我喜欢粤式的早茶饮食，也喜欢我的朋友们。

但我更喜欢与自由结伴而至的孤独。

这孤独是我不可或缺的，须弥不能离开的。

清醒有力量。

这是我为自己选择的道路，只犹豫徘徊一次，一次就够了。我得以复核，确定自己的内心。

从此决不回头，义无反顾。

后来，我自由自在做自己想做的事情，我的收入是我上班时候的十倍以上。

三十六岁时的我，如果孤独，会自己排遣和化解。

遇到气味相投的伙伴，就尽情玩成一片。别管什么面子身份。

听到喜欢的声音，就主动去告诉他：我想跟你合作，给你写一首歌吧！

最近一次觉察孤独，是去了山中，待了七日。

人生自有花好月圆，自有绵绵情思，穿山渡河，雨雾风冷，我千里迢迢，经历了这天地的万籁俱寂，心中忽然想起你，我就成为了孤独。世上风景再好，也不过如此。

我想起我爱的人了，想起我家中的宠物了。

孤独是我们的一部分自我，时常感到孤独，恰因为我们还活着，还有渴求。

我曾经反复书写过孤独，一再为孤独唱赞歌。其实孤独和其他的感受一样，七情六欲，指向一个共同的事物。

在祖父祖母都去世后，我心中总有不安。有一次，我求询熟悉的心理学老师，为何不安。

他回答，因为祖辈逝去，代表着生命的进程一步步逼近。从前觉得最后一别尚且遥远，祖辈还健在呢！但祖辈走了，就不得不接受事实与真相。时光飞逝如电，人始终得孤独告别。

人生有涯，小半生过完，还想实现什么，还想追求什么？还想珍惜什么，还想享受什么？而今心念已经澄澈明白。

若有人握住你的手，你就不孤独。

若没有人握住你的手，你就伸出手，主动去握住对方的手。

一年一度的顶礼

有一次我淘了本旧书，三联版精装的罗曼·罗兰的《米开朗琪罗传》，不过丢在书柜一直忘记翻，文学大师写艺术大师，想必难读。后来翻开此书，哑然失笑。

罗曼·罗兰没有按照人物传记常见的叙事线索来写米开朗琪罗的经历，而去摘录大段"私人细节"的生活书信，选材之精准，活像一档讲述版的电视节目。

米开朗琪罗的一生为情爱苦闷，尤其是为美貌的男孩和女孩。因为他身材矮小，相貌丑陋，那些拥有美色的人儿在他心里才是偶像，他只能匍匐在地上去仰望那些爱慕对象。再加上自身情欲的罪恶感，使他脾气暴躁又苦恼自卑，自虐又自恋。这种心态，太像张爱玲写过的那句"低到尘埃里"。

除了爱情，他在工作上也备受挫折，身心受创。他跟梅迪契大主教有协议建造教堂，这是一个比较大的项目，约定的酬劳丰厚。但因为建造工人们的欺骗，石头断裂了几根。于是教皇和大主教都不耐烦了，取消了跟他的契约。

对此，米开朗琪罗只能忍泪控诉："不计算费掉的三年光阴，不计算我为了作品破产，不计算人家对我的侮辱，一下子委任我做，一下子又不要我做……"

这种遭遇在我们现代照样上演，当初是你说要改，改了你又不满意，只好继续再去改，结果你却换了人，多少文艺工作者就这么被客户折磨到崩溃。

诸事不顺，米开朗琪罗的父亲也不让他安心。他的父亲年纪越大脾气越坏，某一天干脆从佛罗伦萨的家里逃走了，对外宣称是儿子赶走他的。米开朗琪罗背负着不孝指责，满腹委屈。

整本书读完，全是实打实的俗世烦忧：爱欲纠葛、事业打击、职业病磨损健康。米开朗琪罗总在绝望，不想活了，没法活了，总在抱怨世界，"我的忧患是多么多，比艺术使我操心得更厉害！"不过对着石头时，他注意力转移，痛苦暂时缓解，又鼓舞起斗志继续工作。

罗曼·罗兰在后记里自问自答：我是否应当只显露英雄的英雄成分？不。

因为他写这本传记的初衷是："并不是普通人都可以在高峰生存，但是可以一年一度上去顶礼，从中可以获得日常战斗的勇气。"

这段话肉眼去看，颇为励志。换成通俗的理解也就是：大师活得如此之惨都仍然在努力工作，你是不是也该鼓舞起斗志？别被生活彻底打败。

但从精神分析角度看，米开朗琪罗本人与罗曼·罗兰说的恰恰相反。世间超过米开朗琪罗经历的苦难，俯拾皆是，大多数人并未进行杰出创造。长夜中自有最耀眼的闪电，但长夜并不为闪电而生。

米开朗琪罗一生祈求身心宁静而不得，有生之年大部分的作品都充满了肌肉力量、愤怒，或者体现创造万物之灵的肃穆宏大之美。但晚年最后的三幅基督主题的雕刻，极为哀伤。

他晚年的诗中写道："我以往那空洞而快乐的艺术之爱将如何？ / 当肉体及灵魂的双死渐近……无论绘画或雕塑皆不再能让我灵魂安宁 / 期盼着十字架的神圣之爱 / 以他张开的双臂拥我入怀"。

我很愿意每年重读一次，来进行一年一度的顶礼，不过我从中获得的并不是勇气。

度过内心漫长的反抗争辩，这个中世纪杰出的雕塑家和画家，终于进入了哀伤。人只有接纳了一切苦痛，才会涌现哀伤。正如弗洛伊德说，哀伤是对逝去的纪念。

人必哀伤，而后平静。

现实生活越苦痛，米开朗琪罗躲避开苦痛沉浸于工作时，就越专注，手艺就越呈现神圣化的光彩。此乃心理防御机制最高级的一种：升华。

米开朗琪罗在罗曼·罗兰笔下，其实像个永远渴求爱、渴求安慰的孩子。读完我反而笑了，恰似李安抱着伯格曼哭时，反而另有一种哀伤的平静，得以继续前行。

拾荒者

我的老朋友之一杨老师，她家是本地社科院的。那里面的老先生们都是做了一辈子研究学问的学者。她父亲就是其中这么一位老先生。

杨老先生属于高级知识分子，家里囤积的书，几十年了，一般都舍不得丢。他做人勤俭节约，也不爱穿什么新衣服，逢年过节一定要去超市买一大堆糖果回来吃。但是老爷子只买散称的，不买品牌包装的，他也是很得意于自己的持家有道。

糖果这玩意儿，散称的和品牌的价格差距特别大，因为关键的原材料截然不同。比如说巧克力吧，散装巧克力多半用的代可可脂，也就是植物油改造的可可脂代替品。真正的巧克力用的是可可脂，贵一些，口感醇厚，富含多巴胺，吃了也能够让人感到愉快。

我觉得，知识渊博的老爷子，不至于区分不了这两者。只不过，省下来的差价让他更快乐。其实他的退休金，已经高过了这个城市大部分上班族的月薪。

再说书这种东西，囤积久了就会发霉，气味古怪。我作为一个喜欢藏书的作家，也很清楚这一点。书特别占地方，蛀虫也很喜欢吃纸，反正最初来源都是木头。

有一天，杨老师实在受不了家里堆满的杂物旧货，开始动手清理，直到整洁干净。

在这个过程中，她把老爷子的一双穿了二三十年的皮鞋，给处理了。

所谓处理，就是直接乾坤大挪移到垃圾桶里面去了。

结果过了一段日子，有一天她再收拾家里，打扫卫生，突然惊呆了。

她又看见了她父亲的那双老皮鞋。

她就去问杨老先生，您这双鞋子，从哪儿摸出来的呢？

杨老先生就犯嘀咕，我还没问你们，是谁不小心把我的鞋给丢了。好好的，还能穿呢。那天我回家，一眼就看见垃圾桶上面有双鞋，特别眼熟。

杨老师哭笑不得。

于是，这双辗转反侧的老皮鞋又回到了这个家里，继续陪伴着它的老主人。

如今城市里面的房价飞涨，老人家的杂物，堆着占据的地盘，可都是价值几十万上百万的房子空间。

重点是，几乎大部分人的家里都有这样的老人家。于是演变成了当下这个年代，大部分家庭难以回避的矛盾。如果是亲爹亲妈，说说就算了；如果是媳妇念叨公公婆婆，那可就后患无穷了。现在人组织家庭，老一辈和新一代，最好还是不要住在一起。更新换代改善生活和囤积旧物，是不可调和的价值观。

其实老一辈人他们也没办法。他们从历史上的匮乏年代活过来，哪怕明明知道改革开放，生活条件好转，物质已经丰富，过去的旧物件已经不值钱，他们也舍不得丢掉。

那些东西上面寄托的是感情，蕴含的是回忆。在寸土寸金的大城市里面，一切都变得弥足珍贵。

还有更深一层的原因，那就是恐惧。对于艰难困苦的害怕，刻骨铭心，保留在一个人灵魂的深处。

哪怕你告诉老人家，你们值得拥有更好的物品，可以过更好的生活，结果仍然是没什么用。

我甚至问过心理学家朋友。他如此告诉我：人的大脑皮层有一种机制，三四十岁以后，情感记忆都偏向于恋旧。这样的怀旧感受当中，有一种温暖的涌动，给人安定舒服的抚慰。

谁能不衰老？谁能不怀旧呢？

其实当时和杨老师一起聊天的时候，我也想起来，总有穿衣打扮干干净净、整整齐齐的老头老太们，每天散步转悠着，他们的眼睛，在路过垃圾桶的时候，一定会认认真真地检索。

前两年，我把自家用到生锈的微波炉丢在楼栋外面的垃圾桶上。我才转过身，刚刚走到家门口，一个老太太就闪电一般冲过来，把那个微波炉抱走了。我被老太太的速度惊到了，目瞪口呆。

那个内壁生锈的微波炉，虽然还可以用，但是每次使用过后都很难擦洗干净，而且挺重的。

老太太的穿衣打扮并不邋遢。

她问我："真的不要了啊？"

我点点头。

听她的口音，很像外省人。

她眼睛放光，立刻就走。

看着她喜之不尽的背影，我凝望良久。

我想，我淘汰的这个微波炉，恐怕还会在她家发挥余热，留很久很久。

偶然读新闻，广西南宁，一位张先生在新阳派出所取回了自己丢失的二十万元现金。

此前他将现金放在塑料袋中，被亲戚误当垃圾扔掉。附近居住的叶阿姨，在垃圾桶意外发现现金后，主动将钱交给民警。

这位阿姨说了："不是笨，不是你的就不能要。"

我为叶阿姨的拾金不昧鼓掌，很赞呀！

转念一想，那些现金可是包在塑料袋中的。一眼看上去，根本就发现不了。

细思，极妙。

显然，叶阿姨也喜欢翻捡垃圾桶。

我的母亲告诉我，她出生的年代特别缺乏食物。

我父亲刚刚出生的时候，只有一点点米糊糊吃。我奶奶也饿着肚子，没有奶水喂他。

于是我父亲就一直把米糊吃到五六岁。以至于多年后，他看见米糊，就无比厌恶。实在是吃腻了。

我父母结婚的时候，一个崭新的搪瓷盆，都特别珍贵。以至于多年后，我丢掉一个缺了口的半新搪瓷盆，母亲惋惜老半天。

每年情人节、圣诞节、七夕等节日，我家所在的城区很多大学，夜里遍地都是丢弃的鲜花。我母亲总忍不住捡一些回来插瓶，灌入清水养上几天。

绝大多数人都会留在过去的生活习惯中，很久很久。

这是我们人类温暖脆弱的一面。外界环境对人的塑造，几乎根深蒂固。

不必赞美，也不用批判。

在他们的记忆当中，贫瘠夺走生命，饿肚子的感觉鲜明深刻。

这些老人家，都不算是真正的拾荒者。他们曾经有体面的职业，也有足够温饱的退休金。

本质上，他们在垃圾桶里翻翻捡捡，其实不是无法舍弃那些废旧的物品，而是在重温过去时代的印迹。

那是一种强大的心理暗示：我有能力解决自己的生计，无论如何都不被饿死，哪怕是捡垃圾，我都能活下去。

所有的酸楚都已尘埃落定，那样的艰苦岁月一去不复返，但人们的心，却会停留在过去的记忆里，直至一生。

生于温暖富足环境的下一代，就有可能摆脱这种匮乏感，心无挂碍地追求文学、绘画、音乐、运动，而不必担心吃饭的问题。

真正长期饿过肚子的人，有一种漆黑闪亮的眼神。

我去不同地方的中小学，给孩子们做讲座。有北京、武汉的顶级一流名校，也有当地的贫困中学。我会仔细端详孩子们的小小脸庞，和他们的眼神。

孩子们的眼睛里，我现在几乎很少看到那种眼神。

如果你很年轻，读到我写的这些事，希望你别当成老旧古怪的故事来看。因为直到今天，还有很多上了年纪的拾荒者就在我们身边呢。

你总能在他们的眸子里，看见那种漆黑闪亮。

最佳食友

有一次外出回家，我发现桌子上那块油炸饼少了一块。那是我出门前做的。面饼丢进菜籽油里，炸出来就是金黄的样子。

不过我马上猜到，是我妈回来过，她一定在好奇心之下，掰了一块尝尝味道，然后皱着眉头嫌弃丢掉。

我妈是厨艺高手，可以带着十几个人整治几十桌流水席的那种，有时还能花样翻新自创新菜。

长大后我吃遍天下美食，不再觉得妈妈的手艺惊艳。外面的饭局邀请也多如牛毛。然而，这一刻，我忽然好想吃妈妈做的菜，难以遏制地想吃，突如其来地热泪盈眶。说起来，我的生命中最漫长的吃友，是我妈。她的前半生，跟我的挑食谱写了一系列斗智斗勇的故事。

小时候我在餐馆里吃了拔丝苹果，的确香甜可口。我就突发奇想，那么香蕉能不能拔丝呢？南瓜能不能呢？当然是能的。但我提出了更高的要求，不如我们试试冬瓜？

我妈就真的买了白扑扑、粉嘟嘟的半个冬瓜，切片，裹了面浆，下锅炸第一道，这是为了定型。然后白糖下锅调制糖稀，丢入冬瓜翻炒。她还特意加了一点冰糖，吃起来，是一股子清凉的甜。冬瓜片经过高温，早就化为汁液，拔丝冬瓜这道菜，口感相当特别。

有一次看电视里吃饺子，我当时馋嘴起来。寒冷的冬夜，我妈施展功夫，从面粉到面皮，半个小时内搞定。我们两个煮开了水，饺子陆续下锅，冒着热气。她把姜醋味碟准备好，一锅水煮，再来一锅香煎。煎饺想要好吃，秘诀就在于油和勾芡的汤汁，一起下锅，大火烧开，每个饺子底下，都有一层金黄鲜美的脆皮，最后撒点葱花和芝麻。

还有一味好菜：泥鳅洗干净，爆炒几下，老黄瓜切丁，两者一起炖到细烂。说到这儿，其实还很平常，很多省份都有黄瓜红烧泥鳅这道菜。我妈拿本地特色小吃——炸辣椒——将泥鳅稍微加火一煮，汤汁浓稠起来，泥鳅再无腥味。炸辣椒吸收黄瓜、泥鳅的鲜味，舀一勺浇在米饭上，我只能叹息，快，再来一大碗饭。

炸辣椒是用粳米拌一点糯米，用石磨磨成米粉，加盐再拌上剁红椒，拌匀之后放在坛子里腌制三五天，油炒一下。

做出好菜，获得亲友们的赞美，她会得意，哼唱几句过去的流行歌曲。

还有一回，我的外地朋友和本地文友相约，来我乔迁的新家做客。可惜冰箱里的储备不齐全，我说去外面吃饭，但他们不乐意，嫌油腻，想吃家常菜。我只能请出镇宅之宝，我妈。

她老人家就是能够化平庸为神奇，先是在橱柜发现一袋放了大半个月的干鱿鱼，又一扫调味品，有一盒豆豉，然后派我在小区门口买点豆腐和蔬菜。

我的朋友们吃着花生瓜子糖果，海阔天空地闲聊，我们的主菜就这么诞生了。我妈把豆豉炒香，鱿鱼剪成片，拿出我们湖北人平时煨排骨藕汤的砂锅，加水慢炖，香味冒出来，我们再也坐不住了，一起拿碗筷布置餐桌。那鱿鱼出锅时候再加嫩豆腐葱花，所有人踊跃之极，吃肉喝汤，浓香鲜美，简直勾魂夺魄。炎炎夏日，大家吃得满头大汗。那么大砂锅的分量，点滴不剩。

仅此一次，搞得我那些作家朋友至今大流口水，念念不忘。我把这事，对采访我的记者说了，后来真有读者照做。问读者，滋味如何？答曰：太美味，太销魂了。我妈名叫沈先秀，希望再有人做这道菜的时候，会记得是她的一点创新。

我们这么一对吃货母子，为了吃，简直心有灵犀一点通。漫漫岁月，挖空心思做出好吃的美味。其实，她一生太过艰难，直到我大学毕业后，成为一个收入还算不错的名作家，终于安顿下来。如果有东西吃，那就吃得哈哈大笑，苦中作乐。

20 世纪 80 年代，我的父母组成了双职工家庭，祖辈没给什么补贴，近乎白手成家。我妈一边在工厂上班，做出纳会计，打着算盘；一边下班后接活儿，补贴家用。那活儿，就是为本地的邻居们整治婚丧嫁娶的流水宴席。

做流水席的厨房现场，我去过很多次。每次去找她，我都受不了那氛围，闷热，潮湿，烟熏火燎，令人窒息，实在太有损健康。

父亲辞掉公职，下海经商，结果失败负债。之后父亲去南方做生意，希望赚钱翻身。债主上门百般讨要，那时候，也只有我妈和我去面对，但主要就是我妈在面对。世间最难堪的，莫过于债主的脸色。

她去服装厂找外活干，一件一件剪去线头，赚那么几百块。她活在焦虑不安当中，却不愿意当着我的面流露出来。我也不得不佩服她的顽强。

再难熬，也要跟孩子开开心心吃饭。

她在难熬的日子里，也加倍接做饭的活。其实，下厨的人油烟闻多，鼻子麻木了，失去味觉，吃饭反而不香。正所谓做菜不香，闻菜香。给别人烹饪大鱼大肉，回家了，她干脆糖蒜头配油盐鸡蛋炒饭。

做流水席菜肴，最后有一个收尾清点食材的环节，有东家不要的剩菜，她可以带回家。即便自家很难，她反倒挺大方，很多菜都分给了隔壁家更加贫困的邻居。

人生中的种种悲伤，都在舌尖上化解。吃，也是她的力量源泉。

我妈有一天告诉我，阳台外面的小白菜长好了，可以摘来吃了。我大吃一惊，什么时候种的？她说，趁我外出讲课签售的时候，她翻挖松土，丢了一些小白菜种子，没想到小菜很快便长了起来。

那新鲜碧绿的小白菜经过了冬雪，清炒一下，就能上桌了，格外清甜。中国人爱种菜的品质，真的流传在我妈这一代人身上。吃令她快乐，做出好吃的食物让我们吃，也令她快乐。

在我三十岁那年，家不再负债，且略有薄产。我也出书繁多，名气渐渐更大。她总忍不住忆苦思甜，某一天，又开始回忆往事，竟流泪了。她极少哭，半生都是硬骨头，我默默听她倾诉，安抚她，直至她转而开心地笑出来，现在终于熬过了忧愁万分、担心生计的岁月。

我便问她，想吃什么。她这人习惯节俭自己，不等她想好，我直接带她去新开的牛排餐馆。那餐馆的奶油口蘑海鲜汤做得真不错，她大夸鲜美，西餐也不错。然后她又偷偷摸摸问我，这顿大概多少钱。

我说，打折后只要几十块。当然了，我骗了她啦！在今时今日，大部分中国人富裕起来，这顿饭真不算昂贵。但只有骗她，她才能放心地享受甜品和牛肉。

去年秋天，我忽然接到电话，我爸焦急万分告诉我，我妈觉得胸口疼痛，他担心是不是心脏犯病。我大惊失色，赶紧叫了出租车，直接载她奔赴离家最近的医院。那时候医院下班，只能去急诊，偏偏各种病患人多，纷纷排队。

护士给我妈量血压、测瞳孔，询问疼痛。她说平静下来还好，就是一吞口水，就觉得胸口像有一把小刀在割。

回想起奶奶是心肌梗死走掉的，我吓得魂不附体。我妈反过来安慰我，"别担心了，直觉不是大毛病，如果是大问题，不可能那么平静。"

所幸，拍了胸口CT，经过两个小时的煎熬，终于出了结果，心脏没有什么问题，医生说，可能是胃病急性发作。

唉，我妈就此进入了戒除美食的日子。要养胃，只能喝粥，对她来说，天昏地暗，寡淡无味！我为此严加要求，逼着父亲密切监控，不让她吃任何热辣浓烈、难以消化的食物。

她找我控诉，这简直剥夺了她最大的快乐。我当然明白她的心思，没有办法呀！爱之深，责之切。昔日我是小孩，为了好吃的东西，撒娇求她；现在她渐渐老了，反而孩子气一般找我抱怨。

调养半年，她饮食正常，不再胃疼了，我带她去打牙祭，沿街挑选对胃口的餐厅，粤式晚茶的虾饺凤爪烧卖和鱼片粥，吃得她满面红光。我安安静静看着她吃，心中无限喜乐。

我没能继承她的手艺才华，但我终于长到可以跟她谈人生的年纪，也终于体会到，把好吃的食物让给她，看着她吃的快乐。正如小时候，最好吃的东西，她一定先给我。她是我的最佳食友。

柔软之心

在我的大学时代，体育课让所有同学都很头疼！

按照规定我们的课程一共有二十二个项目，跑步、跳远、单杠、双杠、投篮、游泳、踢毽球，甚至还要倒立和学武术打拳。有的男生体能很不错，而且还是学校足球队的，上课时自信满满，结果踢毽子没及格。有的男生长跑非常厉害，但是下了游泳池，怕水怕得就跟老鼠见了猫一样。

至于我自己，踢毽子也没有及格。但是连我自己都没有想到，原来我游泳及格了。

在此之前，我都没有学过一天游泳。体育老师教了我们几个动作，逼迫大家下水。一个班三十多个人，根本没办法一个一个好好教。之后体育老师说，只要能够浮起来，游到对面的岸边，哪怕是狗刨式也让你们及格过关。

就这样，我自己摸索着学会了游泳。我就像一只青蛙，笨拙地游到了对岸。

毕业之后的十几年，我夏天常去游泳。每次都全身疲倦，坚持得非常辛苦。但我又想坚持去游泳，游泳的好处太多了。对于我来说，比较缺乏有强度的全身运动，因为长期写作，肩膀、颈椎、手腕过度疲劳，肩周炎、颈椎病、肌腱炎，通通都有，而且随着写作的年岁增加越来越严重。游泳恰好可以改善这些病症。

讲到这里，你可能以为我要强调的是，控制住自己，坚持锻炼身体。其实，我想说的是我遇到的另外一个真实的故事。

去年年底，我家附近开了一个全新的游泳馆。这个游泳馆号称全自动净水循环，并且冬天寒冷时候，足量开温水。很多游泳馆为了节省费用，并没有足量放热水，我以前常常去的某大学游泳馆就是这样的。

我在这家新开的游泳馆里面，一身疲惫地游了一千米后爬上岸。我对自己说，又坚持锻炼了，累也值得。

旁边那个年轻的救生员终于忍不住了，他跟我说：我看你常常游泳，是办了卡的吧？

我说：是啊！

他接着说：但是我看你每次都游得好辛苦，是刚刚学的吗？

我有点不高兴：怎么会呢，我游了十几年了。

他说：那你是不是感觉游得很吃力？

我吃了一惊，点头说：是啊！

他告诉我：那就是因为你用的动作、姿势错了啊！

我心里在想，这家伙该不会想推销他自己的教练课程吧！平时在健身会所常常遇到这种教练。只要你继续跟他聊下去，他就会给你说，有什么样的课程适合你，要收费多少。

我倒不是觉得，不应该收费。每个人的知识劳动都有它的价值。我只是知道这里面有很大的价格忽悠。而且我对人性有所了解，大多数人都很不喜欢自己运动或者做事时，有人在旁边指指点点，即便交了钱，也很难坚持下去。

像我这么讨厌运动的人，能够坚持去游泳，已经是莫大的奇迹了。要是让我再交钱去上什么课程，比如游泳课，最后肯定是浪费。

结果这个救生员就说，你可以找教练上游泳课，学一下专门的正确姿势，像我们都是体育学院毕业的，可以教你。

我就笑了，果然如此。

我正打算拒绝他，他已经直接趴在地上，一边演练动作，一边解释应该怎样划水。

这是个很年轻的男孩，估计他脸皮太薄，虽然公司培训了怎么搭讪推销，但他还不好意思死缠烂打。另外一个原因是，他熟知正确的游泳动作，对我的错误游法，实在是看不下去了。

"动作不要太匆忙，换气的时候等待三秒钟，自己利用水的浮力，浮上来换气。"

"划水的时候，大腿要收拢，小腿要打开画圈圈。这样才能保证下半身重心一直在下面，反推力往前。"

我照着他教我的游起来。

第一次觉得别扭，还是有点手忙脚乱。

第二次纠正换气，但是没有纠正小腿，更加费力。

第三次都纠正过来了，但还是没能找到那种感觉。

我休息了十分钟，他下水又示范了一下。第五次的时候我找到了感觉。

啊，不知不觉，我居然游了二三十个来回。最后上岸的时候，全身很舒服，并且觉得精神抖擞，一扫过往的疲惫不堪。

直到这次经历，我才真正喜欢上了游泳。

原来，我可以全心专注地游泳，得到锻炼，精力充沛，并且不累。以专业的办法去做一件事情，从中得到了快乐，得到良好的回报，我下一次去游泳，根本就不必强逼自己去，而是巴不得一有时间就去。

学习到正确的东西，太需要克服偏见，克服心理僵化。

人有一种巨大的惯性。因为害怕被骗，干脆拒绝进一步学习。因为害怕改变，害怕丢脸，就拒绝专业指导，情愿用错误的方式持续下去。

如果我继续用错误的方式游下去，并不会缓解我的写作职业病，反而会加重。

有一种惯常的说法叫"听过很多道理，却依然过不好这一生"。

这是因为，道理就像正确的游泳姿势，是技能层面的。心理层面大门深锁，听了就听了，还是会错过。

对人生态度的省悟，对行为认知的审视，才是内心层面的。我觉察出自己的深处问题之所在，是我的行为模式和内在认知出了毛病。

哪怕是在游泳这么一件很小的事情上，隔了十五年时间，机缘巧合，我才得以真正修正。如果那个年轻男孩喋喋不休地推销收费游泳课，我大概会满心排斥，继续错下去。

掌握了认知方法，我仍然是不完美的，但我的纠正能力，超过了从前的自己，也超过了很多固执的人。这令我有机会成为更好的自己。

生命是活的，唯有流动，才不会臭腐变质。有一颗柔软之心，才能去接纳和不断调整，少一些僵硬顽固。

这才是真正的成长。

请用才华和努力证明自己

我有一个真实的故事，关于梦想照进现实。

一

在一个山西小城，1998 年的春天，一个活泼好动的六岁女孩，独自在她家附近玩耍。

像所有小孩子一样，她做着斑斓多彩的梦，喜欢好吃的，爱玩。不知不觉，她跑到梯田里，不小心摔下来。命运忽然闭上眼睛。

回家以后，这个小女孩昏沉沉睡着，父母心急如焚地带她看医生。去市医院，去省医院，去北京天坛医院。

专家诊断结果为：休克性脊髓损伤，俗称，截瘫。

她无忧无虑的童年就此结束。

被诊断为截瘫的小女孩，随着父母多年在外求医。

求医路上，沉重的医药费让这个小家庭无力承担。为供姐姐、哥哥读书，她的父母再无更多精力负担她的教育。

学校，也难以收纳一个截瘫的女孩。

就这样，她与学校彻底无缘。

二

在2013年的夏天，我出版了一本小说集。这些年，我的联系邮箱，公布在我的个人博客上。我收到成千上万各式各样的来信。

某一天，我突然收到一篇书评，正是写那本小说集的。

书评的文笔虽然还带着稚气，但对我的历年作品如数家珍，特别熟悉，某些句子，甚至说中了我当时写作的心情。我当时心想，写得挺好，可是不大符合报纸书评版的格式。

我在想，要不要修改一下，推荐发表。犹豫之间，我的目光落到邮件的末尾，我发现她附带了一段小小的文字简介，关于她自己。

这个女孩说，她没有上过一天学。

我很惊奇。

这是个有天分的女孩子。

我给她回信了。

三

有一次，我看一个纪录片，主角是日本的天妇罗之神——早乙女哲哉。他专心专注，把一种食物做到美味。

其实，作家和厨师是一回事，都是手艺工作者，不能假借他人之手，亲力亲为，而且必须耐得住寂寞。

天妇罗之神说的几句话，我特别喜欢："现在的人总是急于实现梦想，包括中彩票这种不切实际的事情，我认为这并不是梦想。梦想如果不打好基础，就算实现也会很快崩塌。每天脚踏实地地积累，才能成就梦想。"

作家都是自恋的，都不喜欢搭理别人的文字，但是，在2015年我"监制"了一本别人的书。

这本书的作者，叫林深之，本名李璐。

李璐，就是那个没上过一天学，从梯田摔下来，从此在轮椅上长大的女孩子。

她称我为老师，但其实，我只是觉得她有潜在的才华，恰好遇到了价值观相同的我。

我这样问小璐："你愿意在自己真正的作品诞生之前，忍受比较漫长的积累时期吗？"

她说愿意。其实我能看出来，她是惴惴不安的。但她选择了这样去做。

她想成为一个作家，于是她日积月累地写，给南方周末网写电影评论，给老牌的文学杂志写散文，也给畅销的时尚杂志写小说。

在她有了自己的书之后，也仍然是轻描淡写地处理自己的故事。

那时的她，不太能活动，只能勉强蹲着不倒。有时候，她的妈妈抱着她坐在一个地方。

那时老房子周围还没有被开发、被修建，大门前面有一大片荒地。她一直等待着有一天，哪位医生能够治好她的双腿，让她重新走路。

春天，她蹲在门口等苹果树发芽，提毛毛虫来玩。夏天，她蹲在草丛里等着抓螳螂和瓢虫。她只能蹲着，无法站立。

秋天，她等草干了，蹲在土地里烤红薯、土豆，冬天，她蹲在门口等下雪……

终于，她坐在轮椅上，从小孩变成少女，度过漫长的青春期。

一个人经历了这么漫长的苦闷，失去行走的自由，选择自学，写作，投稿，努力，甚至得以发表，虽然起初的文字只是发表在小刊物上。

她本来就足够坚持。

我相信我的直觉判断，这个女孩，就是早乙女哲哉所说的那种人。

四

但是在她的眼里，我是这样一个形象："作为长期要向他学习请教的人，好像有很多人觉得，能够跟他交流一定很精彩、很有趣，但其实恰恰截然相反，在认识不多不少的这两年里，他给我的印象是一个非常简单的人，说话言简意赅，说完就消失得无影无踪，想要再找他，必须把微博、微信都留言一遍。

"记得刚合作那会儿，我什么也不懂，为了磨炼我这个新人，他布置了很多任务给我，我非常诚恳地告诉他，这本杂志很大牌，退过我很多稿，那本杂志很有名，我连试都不敢试，他很淡定，不容置疑地告诉我，攻下它。

"就这样，那段日子我疯狂写稿，最后成功地把那些杂志写在了自己简历里。

"不得不说，老师确实深知'玉不琢，不成器'的道理。想起第一次新书跑活动，紧张半死的我，用手机问他有没有经验分享，他只回复了我四个字——随便讲讲。就是如此简单粗暴的一句话，让我一半紧张都消掉。"

她说的，都是真的。

因为写作这种事情真的教不来。我只能鼓舞她、催促她、推荐她，但我不能代替她实现自己的梦想，因为我也做不到。

谁也没办法把石头变成玉，我们只能把璞玉琢磨为玉器。

我猜，我的强硬态度，把她的潜能都给逼迫、激发出来了。

五

蝉要让大家在夏日听到自己的高亢歌唱，先要忍耐那些地底的沉闷辛苦。

当别的孩子花着父母的钱，嚷嚷着青春，嚷嚷着旅行，她不分白天黑夜地敲出文字。

当别的年轻人上网诉说苦闷，她在积累自己的工作履历，兼职做编辑，自己赚钱。

时间用在哪儿，是看得见的。

这也是我对她的褒奖，哪怕是在接受电视台采访时，我也是这么说的。

她一直认真写作，而不是让自己的生平经历压倒了创作。

十月初秋时，我比她先拿到出版的样书，那天，我用手机拍图发给她看。然后，我在微信语音里，听到她的万分激动和欢呼雀跃。

这是她人生中的第一本书。

早乙女哲哉还说："世间的人总是认为能够瞬间实现的才叫梦想，但那些东西其实什么都不是。只有每日每月的积累才是促进梦想实现的源泉。"

这本书，叫《女孩，你要好好爱自己》。

没多久，出版公司的编辑主动找到我，想要再出她的书。

她就继续一字一词，一篇又一篇，点滴积累，成为源泉。

深夜里，我和出版公司的编辑在手机上聊天，敲定了她的第二本书。

六

我一直觉得，沉默才是最有力量的。但是沉默不代表无所作为，沉默意味着不喧哗吵闹，不喋喋抱怨，而是静静地低头做好手里的事情。

一个人的心没有受限，哪怕去不了远方，坐在轮椅上，也仍然可以见识这个世界的广大。

这样一比较，那些没经历过真正的痛苦，却在书里无病呻吟、迷茫、孤独的作者，太矫情逊色了。

我一直相信，只有真正的勇者，才能书写真正的勇敢，才能越过迷茫和矫情脆弱，成为顽强牢靠的人。

这种人坦然面对自身的苦难，敢于书写苦难，但绝不炫耀苦难去打苦情牌。

作品出版之后，很多知名报刊和媒体报道了她。她在太原书城，有了自己的第一场签售会。

我觉得这不是命运的奖赏，这是她亲手编织、献给自己的花环。为自己的人生寻找光亮，创造光亮，这样的人，可以称之为勇者。

罗曼·罗兰在给米开朗琪罗写传记的时候说："并不是普通人都可以在高峰生存，但是可以一年一度上去顶礼，从中可以获得日常战斗的勇气。"

我们素未谋面。她给我寄过一次三只松鼠的坚果大礼包。

好吧，我们都算是大吃货。

但这正是我的态度。

请用才华和努力证明自己。

四个故事

一

我的朋友黎，妈妈患了阿茨海默病，也就是俗话说的老年痴呆。症状是渐进式的，一点一滴遗失记忆，分不清事物和亲人。

黎去照看妈妈，看见妈妈在冲护士发脾气，指责护士为什么要把坏了的水果给她吃。其实，护士根本就没有这么做，觉得很委屈。护士找她解释，顺便又抱怨。

黎安慰妈妈，说水果是好的，你记错了；回头再安慰护士，没事，没事，反正回头她也忘了，麻烦你帮我好好照顾。

真的，没多久，黎的妈妈就不记得子虚乌有的坏水果，以及自己骂过护士了。

黎年过四十，人到中年。妈妈年近七十。她仍然是妈妈的孩子，可她的妈妈，已经身不由己，变成了不可逆转、蛮横不讲理的"老孩子"。

黎叹口气，说，也只能接受自己的妈妈就是这样了。

二

另外一个看起来是悲惨的故事。

起因是，我问我的读者粉丝们："你们能不能用一句话形容自己的妈妈？"

很多人说"善良""柔软而坚强""永远有温暖的微笑""小身体蕴藏大能量！"这些话语，和我平时对母亲的印象是一致的。

突然中间有一条新的留言，风格骤变："生下我半个月就抛弃我的人，把所有爱都给了另外一个孩子的人，不承认我是她女儿的人，曾经逼我跳楼的人，拿爸爸来威胁我的人。"

说这句话的，是一个很喜欢偶像鹿晗的女孩子。

我想安慰她，却不知道说什么好。我给她发了鼓励的表情符号，我记得当时我回复的话大致是："只要你自己长大。"

这个女孩回复我："沈叔别大惊小怪的啦，我早就习惯了。"

哦？习惯了……

我说："强大起来，要过得好好的。"

女孩回答："嗯，现在的我，经济独立，也努力学习，比很多同龄人都早熟。"

童年很糟糕，但是当事人顽强长大了。我的直觉很敏感，觉得她一定是有故事的。

于是我说，那你跟我具体说说你的故事吧，也许我可以把你的故事写给其他人，从中习得一点东西。这个女孩告诉我：

"我是加拿大华裔，出生在多伦多。她生下我以后就把我带到了温哥华我奶奶那里，然后去了香港。在香港那里，她有了新的丈夫和孩子。但是我们每年都会见一次面，就是外婆生日的时候。

"在我六岁时，我因为看了恐怖片而不敢一个人睡，一定要和外婆一起睡，她不允许，外婆和她争辩了几句，她就拉着我要跳楼。她跟我说过很多次，我不是她想要的孩子。

"但是我还是要感激她，因为无论如何，她还是把我生下来，哪怕她一直在折磨我和我爸爸。温哥华现在倾盆大雨呢，就像我的心情一样，不过，我还是祝她母亲节快乐。"

三

还有一个故事，是电视节目上的。一个被淘汰的选手说自己其实有个妹妹，只不过，从小被送人了。今天是母亲的生日，想打电话给妹妹，让妹妹说一句"妈妈，生日快乐"。电话打过去，妹妹说："我只能叫一声阿姨。"

这个节目的主持人很有名，他说："你就不能满足母亲这个心愿，你知道吗，我很羡慕你，你有两个妈。"

这个妹妹，从小就被母亲送人了。养父母对她很好，一家人相亲相爱生活着。

这个世界有很多人拥有母亲的疼爱。我也是幸运者之一。

但也有不少人，享受不到母爱，甚至只有憎恨。

四

最后我要说的第四个故事，是我堂妹的遭遇。

我堂妹还是没有去看望她得了脑癌的亲妈。因为那个女人在堂妹小的时候跟人私奔了，不要堂妹了。

走前，她还想掐死堂妹，她不想留下牵挂，干脆杀死自己的孩子，一了百了。幸好，堂妹命大。家里人赶到，那个女人跑路了。

堂妹长大后，就一直恨她，不打算原谅，不打算团圆。哪怕她的生母说，还给她准备了嫁妆，想亲自给堂妹。堂妹也拒绝。

我们劝她："还是去看一眼吧，以免后悔。"

堂妹说："也许她根本没有得癌症，是骗我去看她的。"

我无言以对。

堂妹说："就算她没有骗我，那又怎么样？总之，我就是不会去见她。我一直记得她当时掐我的样子，我不想看见她。"

我不会再去劝堂妹了。她已经是个二十多岁的成年人。她有自己的选择，我们只能尊重。

血缘亲情，至为慈悲，又至为残酷。谁也没法逼着别人去接受自己恨的人。

我不了解鹿晗，只知道那是个对于少女来说，很迷人的偶像男孩。

她心里有倾慕的明星，那就是有对美好的幻想和爱。

喜欢鹿晗又早熟的女孩子，最后还是祝她的母亲节日快乐了。

五

这就是我想讲的四个故事，跟大家日常的温暖母亲相反的故事。一个听起来是无奈的，一个听起来是沉痛的，还有一个听起来是尴尬的，最后一个我身边亲人的，则令人深思。

生活有很多侧面，但我们不能像电视节目里那样强人所难。不一样的孩子，有不一样的母亲节。

我们喜欢看到和解，看到原谅，看到宽恕。但这其实必须建立在当事人自己是否愿意的基础上。

我祝所有的孩子，能顺从自己的心，选择过什么样的母亲节！

有人相逢一笑泯恩仇，也有人怀着不愿意谅解的心，继续生活下去。我们必须完整接受这个真实的世界。

这世界的奖赏

一

我有一个前同事白羽。这是一个地道的宅女，平时最喜欢看韩国的浪漫爱情剧和日本的动漫，对《犬夜叉》非常熟悉，对欧巴明星了如指掌。

她最大的梦想就是在单位里面一直安安稳稳工作下去。于是我们开玩笑跟她说，最好赶紧找一个本地人在一起，就能长长久久地待在这个城市了，而且还不用太辛苦自己买房。

在早些年，让一个女孩子独立买房，还真是一件压力巨大的事情。每个月还房贷就很可怕，拿到工资了再也不能买好看的衣服，不能轻轻松松租房，不能自由自在地逛街了。而且，她的家人也催促她，还不如回到老家的小县城，轻而易举就能住上大房子。

可是她读了大学，在上海工作过，又回到武汉工作，已经觉得人生适应了这样的城市生活。

她一直犹豫，听从我们的意见，开始尝试着接触一个城市里的男孩。

她谈了一个体育学院的老师，我们旁观者持保留意见，因为她性格这么柔弱，遇到那种力气大，却不解文艺的男人，恐怕观念很难统一。

这段感情，无疾而终。那个老师相当势利，搞清楚了她的收入状况，加上没有本市户口，就闪人了。

白羽有些难过，埋头工作大半年，决定在假期出门散心。

机缘巧合，有一次她在旅行的时候，认识了一个摄影师，跟这个摄影师恋爱了。这个摄影师是影视圈的，两个人对喜欢的影视剧，相谈甚欢，一拍即合。

白羽很开心。

很快她又面临了新的人生大问题。摄影师是一个长年累月跟着剧组跑的人，主要的工作地点是北京，但他不是北京人，也买不起北京的房子。

怎么办？要不要嫁给北漂的男青年啊？

二

在谈婚论嫁之前，当然是见家长。摄影师带着她坐了十几个小时的火车，然后再转皮卡车，来到了内蒙古的大草原。

蓝蓝的天空，雪白的云朵。

白羽人生中第一次骑上了高大的骏马，她戴着宽檐的大帽子，围绕着帐篷毡房，体会了一把游牧民族的生活。摄影师的父母家人带着少数民族的热情诚恳。

就在那一刻，她忽然笃定了，觉得可以和这个男人一起组建家庭。

她一直很害怕也很抗拒考虑未来，也不想再漂泊在大城市。没想到，因为爱上摄影师，忽然有了勇气。

她辞掉了武汉的工作，在北京找了一份新的工作。

她和摄影师男友租了房子，结婚了。

白羽在武汉的单位是一家历史悠久的老单位，非常传统和保守，上班的时候连 QQ 都不允许安装。去了北京之后，最终，她跳槽到了一家文化公司。

她在大学本科的专业是英语。她的新工作是总监助理，对接外国翻译作品，充分运用上了自己的所学专业。她很开心。

如果一直留在原来那家单位，她的爱情很可能无疾而终，而且只会继续做着不喜欢的事情。

到了北京以后，的确和预料的一样。北京的生活要面对高昂的房租，到处都是天价房子，能够买得起城郊楼盘，已经非常不容易了。

大家劝她，反正很多人都北漂，一直租房；或者在北京多赚点钱，回到家乡买房。白羽却不再害怕房贷什么的了。哪怕北京房价是武汉的好几倍。

人生总要为自己争取。

所以，白羽留在北京快五年的时候，下定了决心，说服老公，一起坚定斗志，在通州定下了一套两居室。

三

以前上班当同事的时候，她数学不好，连报销都觉得头疼。她只知道埋头做事，周末煲鲫鱼汤，看看超市的各色菜。

从买房子开始，她陷入了痛苦纠结。这世界上的房地产商大部分很奸诈，总有各种不尽如人意的缺点。收房交房，拖延违约，都遇到了。

她找我求教，我用我过去买房的经验，还有些微记忆的法律知识，给她解释。

一贯文艺女青年的她，把我说的内容，都记下来，耐心琢磨法律的意思，搞清楚了状况。

最后，她终于拿了钥匙，存好了装修钱，开始打造自己的家。

她的微信状态，隔几天更新一下。

"今天订好窗帘，定做了若干寝具，明天再跑一趟送过去。不管有多慢，即使一次只能做一点点，几个月后，也会弄完了。"

"我不怕慢，不怕上当受骗买教训，我怕不动，怕不做，怕嫌琐碎，头绪多，我怕看不上做小事，只想一次做出大事一鸣惊人，我怕这样只是眼高手低。"

"我不怕维权，不怕丢脸，我不怕奔波一天还有别的烦恼，我不怕明天继续早起晚归。我都不怕。我只怕自己被不知不觉消磨殆尽。"

看着她的状态，我忽然觉得有点感动，以前的那个柔弱无主见的同事，成长为家庭达人，为了生活强大起来。

她学会了为自己鼓掌，已经不再是过去那个迷茫胆怯的年轻女孩了。

四

回武汉，我们几个老同事重聚，在一家西餐厅吃饭。

她说她喜欢现在的公司，把所有的产品都做得很精致，再累再费心也觉得有价值。

真的，不管在什么地方工作，都会累。但我们希望累得有价值。她工作的项目是《纽约时报》评价好书的中文版，她格外负责，细细做好每一步，很快进入了排行榜。

在商场里看见那个作品的漂亮海报时，她觉得无比开心。

新年时候，看见她发在朋友圈的消息，她是这样写的："在新家住的第一个早晨，第一个傍晚。昨晚睡得很香，今晚继续。今天开伙，做了排骨海带汤，也很美味。"

配图是一棵刚刚开花的树，姹紫嫣红的，满是春天的气息。

过往的一切辗转反侧和畏惧，都淡出。

我想，从这一刻开始，她进入了人生的另外一个阶段，那是属于她自己的全新未来。她曾经以为自己会成为一个可怜的大龄剩女，在公司里低声下气。然而，她鼓足勇气走了出去，没有饿死，还拥有了自己的家。

这个世界，加倍赏给她生活的美好。

这一切都很好，这一切都很美

在湿润的春天，在世界读书日，我去了成都一趟。这一趟的行程是签售见面会和大学讲座。从四川大学到凯德天府广场，被年轻学生、电视台报纸的记者、书店的工作人员，问了许多的问题。

大部分问题后来我都忘记了，有一个问题，我印象特别深刻。一个年轻人问我："沈老师，到底什么叫不忘初心？"

这个问题真好。

其实不止一个人问过我。

一个人的"不忘初心"到底是什么意思呢？我很认真地琢磨过。

第一个层次的理解，初心就是最初的梦想。

我的童年，大人们特别喜欢问小孩子："你长大了想做什么？"当我被问到的时候，我就骄傲地回答，我想成为一个科学家。

我在家族族谱上的名字，叫家科。按照中国的传统，子子孙孙和直系血缘的亲属晚辈，会被刻在祖辈墓碑上。

这个名字是爷爷为我取的，寓意科学家。因为爷爷希望我变成一个科学家。在那个年代，这是最流行的梦想。但这是我真正的初心吗？这不是。

五六岁的小孩子，什么都不懂，嘴巴上嚷嚷的，并不是自己真实的想法，不过是大人灌输的意志。

长大后，我完全背道而驰，成为了一个作家。

因为中学时代我看了文学杂志上的作家逸闻，很羡慕当作家的自由自在，虽然辛劳，但还是可以有尊严地养活自己，我开始想当一个作家。

在我们生命中，真正的初心，必然是源自我们自己。在我们真正知道那个梦想到底是怎么一回事之后所涌出的渴望。

哪怕那是最亲的人对我们的寄望，如果我们自己不接受，不喜欢，不认同，就不能算是我们的初心。

我们每个人多多少少都有这样的经历，有生之初，似一张白纸，谁都可以涂抹几笔。但实际上，我们是有独立意识的个体，我们的内在灵魂是陶泥，如果这个人捏一下，那个人揉一把，渐渐就会奇形怪状。

我们要剔除别人强加的东西。

初心，是我们自己想清楚了以后，所要成为的样子。

在我的理解里，不忘初心第二个层面的意思是，它从你的内心诞生，你知道它意味着什么，你懂得你要去承担什么。

哪怕道路曲折，征途漫长，你还是记得你想要的星辰大海。

如果暂时不能直接抵达，你也愿意为之坚守，有朝一日，你还会重新回到那样东西上面。不计成败，也要享受那个过程的快乐。那是我们自己对自己的成全。

未经时间考验的梦想，是不能叫初心的。轻而易举就动摇变卦，别人说几句就怀疑自我，遇到辛苦艰难就放弃，那不是初心，那只是随便一提的借口。

我想当一个作家，但是到了高考填报志愿的时候，我的父亲告诉我，社会热门是法律。而我没有经济独立，也不知道学法律专业的价值。

我屈从了父亲，从大学的法学院毕业。

然而，我在大学里的四年时间，猛烈地写作。别的同学在谈恋爱、打游戏，我在图书馆写作，在宿舍写作，在课堂上写作。

我付出了双倍的时间。一部分用来学法律，让自己学业及格，拿到奖学金。另外一部分时间，在中国特别重要的大报和文学杂志发表了大量作品。

当我的稿费超过了父母的月工资，我终于可以选择自己想做的工作了，并且拒绝了家里安排的关系。我的大学生涯，比其他同学辛苦太多了。但我却乐在其中。

大学毕业后，我放弃了很多其他行业的机会，一直没放弃写作。

中间，我经历了一段非常难熬的日子。一度，我自己和我的家人都觉得靠写作是无法维持生活的。我跑过报纸的新闻，当过特约评论员，也开过淘宝店。其实我并不喜欢这些工作或兼职。

但那都是我所付出的代价，只为了彻底自由地写作。

我处心积虑攒钱解决生活顾虑，最后彻底成为一个自由写作者。

我为了自由的梦想，为了成为一个自己对自己负责的作家，耗费了十年光阴。

初心如此珍贵，值得我们倾所有努力去保有。

我特别喜欢已故老诗人曾卓的诗歌。他的一生，历尽入狱、被打倒、多年后平反，写出了大量感人的诗句。

像是《有赠》里的"我忍不住啜泣，当你的眼泪滴在我的手背，你愿这样握着我的手走向人生的长途吗?"

但我最为记忆深刻的，是他弥留之际留下了两句感叹："这一切都很好，这一切都很美。"

人世间的苦难黑暗没有压倒他。他的心中一定仍然保留最深的爱意。所以历尽苦难，最终却以最温柔的句子，作为他告别世界的致辞。他回到了一个诗人的初心。

我想，这才是"不忘初心，方得始终"的本义。

你的乡愁

多年前，我去鼓浪屿独自旅行。

在鼓浪屿这个小岛还没有限制游客人数的时候，我在岛上和一个当地人闲聊，姑且称他为大角吧。大角皱着眉抱怨，谁喜欢自己家里每天被人拍来拍去？中国人有那么喜欢喝咖啡吗？喝多了会心悸！

我明白他的意思，做生意的外地人越来越多，房子基本上都变成了旅店和酒馆。为了迎合小青年，基本上都追求一种格调。

大角还抱怨，那些从小到大打招呼的邻居和同学，也陆续搬离了。养猫的越发多了，从早叫到晚不得安宁。什么招牌奶茶，什么本地小吃正宗菜啊，你们这些游客难道看不出就是骗你们的？

其实看得出，可是这又有什么关系呢？改变虽然有好有坏，但谁也没法阻止。我千里迢迢跑到这里来，转了大街小巷，还是玩得挺开心的。

很多屋子在翻新装修，为了赚外地游客的钱。岛上人因此也收租赚钱了，生活方式自然也跟着变。

把时间往前再推，厦门没有成为特区之前，甚至是鼓浪屿没有那么多别墅和洋人的两百年之前，当时的本地居民恐怕也会抱怨改变，失去了原来的风物人情，但今日的繁华，正是源自变迁。

虽然是闲聊，大角明知我说的没错，但他还是不高兴了，他坚持说，受不了现在的人山人海，喧嚣闹腾，将来只能也搬走了。一杯啤酒没喝完，他人就离开了。

劝别人容易，劝自己难。隔年我回了一趟老家，准备去母校第二中学看看，赫然发现学校已经完全被拆掉了。教学楼、旗杆、乒乓球台、操场、宿舍、食堂，荡然无存。在那里建起了一片住宅和商铺，熟悉的街道也全变化了，书店没了，变成新的便利商店。破破烂烂的路也修平整了，不再尘土飞扬。这一切的确更加繁华，但我心中酸痛了一下。

有时候独自坐在夜里，闭上眼睛，常常会想起童年的屋子，明月朗照过的树枝，回家那条弯曲起伏的小路以及被拆掉的中学。

有一天思乡病严重发作，睡不着，半夜漫无目的地看着一些东西，忽然去搜索了一下地图。我用测距功能，在两点之间拉出一条直线，瞬间显示出数据，此时此刻此地，我距离故乡最短的距离是172.5公里，精确到小数点后。这是现代科技的厉害之处，乡愁，也可以不费吹灰之力，得以量化。

反复在心里默念这个数字，少年和童年时代的全部记忆顿时扑回。我对当下的所有生出强烈的缥缈感，已经消逝的年月反倒无比真切。

172.5 公里外，是霸占了我全部少年时代的小城。1999 年，我十七岁念大学，然后如同一江向东流的水，毕业、就职、买房、父母搬来同住，卖掉了过去的房子。就这样，我和父母一起移居江城，我与故乡的联系仅仅在于，祖父祖母仍在老家。

其实地理距离根本不远，但心理距离形同天涯。我安慰自己，人会老，故乡会面目全非，时间也不为谁停留，正因为此，我们才有缅怀的余地。某种哀伤却还是挥之不去。

1678 年，瑞士医生让·雅各·哈德用希腊文词根创造了一个新词，country sickness（思乡病）。这个词传遍世界，不同的语言有不同的造词法。我们理智上知道日新月异才是事物的规律和本质，我们的情感却偏执地停留下来。

所谓的故乡，并不存在。从你真正离开和告别的那一天起，地理上的故乡就不属于你了。一旦你在异乡落地生根，即便故乡亲友尚在，你回去就已经是客人了。从乡村到大大小小的城镇，其实都在流动迁徙。年月再久一点，甚至没什么人记得你了。这种忘却，是真正意义上的失去。

然而，我仍未完全断开那条无形的丝线。

七十九岁的祖母因为心梗，突然病逝，我与父母匆忙赶回故乡。八十四岁的祖父病逝，再一次送别。

我的故乡空间上并不遥远，却又在时间上无限遥远，直至与亲人做彻底的告别，直至我回去已变成了客人的身份。这一刻我不得不承认，我的确已经失去了故乡，并且，不知不觉中，我已经执行了告别的仪式——哀悼。

成为异乡人，就只能为自己寻找新的安身立命之所。如果要问思乡病什么药可治，也只有心药。对我来说，这仿佛是一件庞大而完全个人化的工程。失去了地理意义的故乡，另外一个心理上的"故乡"就需要诞生。

对于我来说，旧时邻居说过的话，师友们的音容笑貌，从前的一草一木，一条路，一栋房子，一道月光，那些童年欢笑，那些眷念，那些依依不舍的回响，都被我缓慢又沉默地整理打包，梳理为记忆，变成我的行李。

我将生命中的那一段时光，我的小半生，逐一内化到我的心中，成为我自身的一部分，随身携带着，不离不弃。

人树俱老

在我去买人生中第一套房子的时候，我有非常多的选择。那个年代全中国都还没有开始限购，物价也很便宜。只要手里的积蓄足够，我可以选择任何一个城市。事实上，那时候中国的房价低于我们这个行当的中等收入。21世纪初买房不是一件艰难的事情。十几年之后众所皆知，大城市买一套房要耗费几十年的光阴，甚至两代人的积累。

还是说回当年吧！我在江南和江北不同的城区徘徊了一大圈，又在大学附近，闹市的交通路口，还有上班的单位旁边仔细考察了一遍，最后选择了大学附近。工厂会搬迁，企业会倒闭，政府办公大楼也会更新，只有那些大学独占优势，靠山傍水，占据城市里面自然风景最好的地方。

然后我做出了一个最大的选择。我选择了一楼。

那时候门口的晚樱和栀子花，还是几棵瘦小的树木。

上班、下班、辞职。吃饭、睡觉、出门。多年之后，它们长大了，它们开花了。

很多朋友问我为什么要住在一楼，在我们南方，可潮湿了。我回答他们，因为我太懒，不想爬楼。将来家里老人腿脚不便了，也不用爬楼梯。

友人说，那你可以选择电梯楼啊！你们小区也有小高层啊！

我只好又回答他们，我害怕坐电梯，每次看见报章上那些出事故的新闻，就觉得还是一楼好，不用爬楼，不用坐电梯。

朋友们就不再继续追问了。他们相信了我的说法，其实我还有别的想法，但我又不好意思说出来。

我真的不好意思承认，内心真实的想法是，我想看着那些树长大。我想跟它们在一起，以一种非常近的距离。住在二楼以上，就很难如此容易地触摸到树木。

我想看着它们枝繁叶茂，绿荫遮地，看着它们花开又花落，日暮黄昏，风吹过来，雪一般纷飞。下雨的时候，一定会有雨滴敲打着树叶哗哗作响。那个时候我可以发一会儿呆，想一想古人写过的诗，想一想人生经历的种种。

有时候一些鸟雀在树上鸣叫，我把窗子打开着，桌子上有我吃剩的零食，这些不知名的鸟雀就会扑进来，啄几口面包，咬几粒葵花籽或者花生。

还有的时候，阳光非常好，流浪猫会在这些树下睡觉。我就一直看猫睡觉，看猫伸懒腰打哈欠，看到自己有点犯困，回床上睡午觉。

我常常会外出讲座，有时候要照顾生病住院的家人，忙忙碌碌，焦头烂额。

有一阵子不在家，等再回去的时候，总感觉那些树也在翘首以盼。

它们不声不语，平平静静，留守在原地，身在情常在。

为此我付出的代价是，每年梅雨季节真的太潮湿了。那几天地板瓷砖基本上总是湿答答的，我拿着旧报纸，一张一张铺在地上吸水，干燥了半个小时，马上又沤水。

住在一楼，炎热的夏天固然格外清凉，到了冬天，开三个取暖器都不管用。

好处和不足联袂而来，唯有一并接受。

住在一楼，除了可以看树，白天还能看见各种人路过。他们大声说话，琐碎嘈杂。

一年又一年，树们越来越茂盛，有些枝叶甚至穿窗而来。我在它们的陪伴下，写一会儿字，看一会儿书，听会儿曲子。时间倏忽流逝。

然后岁月渐去，我们人树俱老。

生命中，有树陪伴的这小部分时间，是独属于我自己的。

我，只想成为我自己，不想浪费。

多出来的时间，我可以去欣赏一朵花的美丽，

享受吹风的清爽，甚至逛一逛街市，感知老北京的风土人情。

我不再轻易地涉入别人的生活，因为别人不喜欢打扰。

我自己也一样。因为我也不喜欢被打扰。

第三章

生命应该

浪费在

美好的

事物上

生命应该浪费在美好的事物上

很多年前，一个读者去拜访作家三毛。"我是你的读者，从英国来的，特别来看望你。"结果三毛虽然招待了他，却根本不是书当中的那样浪漫特别。

他有些结巴，感到委屈了，始终后悔自己的多事。这种一霎间涌上来的巨大冲击只因为三毛没有热切地迎接他，三毛原来不是想象中那样，而是表现得比较淡然。这是三毛吗？这是三毛。

他很难过，直到最后，他忽然醒悟：毕竟我是一个贸然闯入她生活中的陌生访客，对于三毛，我又能如何要求她真情流露呢？

怎样成为自己？在世界上，你为了多少无谓的人，浪费了你宝贵的生命？

我有一次去北京，参加一个全国性笔会的颁奖。一个大叔模样的人，滔滔不绝地谈着国际时事。

他甚至还谈到，他和一个大领导碰面过，连大领导都很赞同他的某些学术观点。

我们其他人面面相觑，微笑不语。中午吃饭的时候，一桌人聊天，他还是继续大聊特聊。很明显，他在吹牛。混在北京的人，树叶掉下来都会砸中几个达官贵人，以至于都热衷于吹牛。

可我却厌恶这些无聊的饭局。

我吃了一会儿东西，再也坐不下去，又不好意思打断他。这个时候，我想起我看过的一个心理学家的书。

那个心理学家说，想做自己的人，看起来都有点格格不入。但是，遇到那种谈话极为空洞全是吹牛的人，为什么要浪费我们宝贵的时间？

也许那个大叔模样的人，并不坏。事实上，他还热情地冲我打招呼，给饭桌上每一个人都递名片。

于是我不声不响离开饭桌。后来，他的名片我顺手丢了。

我们一生中，会跟很多陌生的人吃饭，相互介绍，分发名片，但大部分都不会有深度的沟通和交流。

生命就浪费在这种无谓的应酬上。

而我，只想成为我自己，不想浪费。我把时间放在提高自己的技艺和能力上，积累自己的作品上。我直接就可以和靠谱的公司、企业谈合作，快速地达成协议。

多出来的时间，我可以去欣赏一朵花的美丽，享受吹风的清爽，甚至逛逛街市，感知老北京的风土人情。

我不再轻易地涉入别人的生活，因为别人不喜欢打扰。我自己也一样，因为我也不喜欢被打扰。

当我们共同内心喜悦、心甘情愿的时候，我们一起享受当下的时刻。当我们彼此有一方有自己的生活，那么点下头，微笑一下，各自走开。

无论何时，当你明白了这个原则之后，就不会虚度光阴，沉迷于口舌的奉承。

还有一次，我忽然接到一个电话，是我的一个作家老朋友打过来的。她说，有个外地的旅行家来武汉，想见我，约我相谈。

我问是谁。

老朋友说出名字。我完全不认识这个人。

我问我的作家老朋友认识这个旅行家吗。

她说她也不认识，是一个广播电台主持人间接找上她，让她转告的。

我当下，立刻明白了。这又是那种典型的骚扰客。

我对我的老朋友说，请帮我马上拒绝，你也不必再理会这样的人。

没过多久，这个旅行家又跑到我微博发私信，指责我耍大牌，为什么不见她。我回复询问，是否有重要事情？

她说，也没什么事情，见一面不行吗？

我删除了私信，不再回复。

未经过考验的人际关系，是空乏的。我只跟认识三年以上的朋友见面，只跟认识五年以上的朋友谈心。成为这样的人，需要付出的代价是，你可能会被认为是一个自私的人，那又何妨？

我们生来，首先就要确保自己独一无二的生命价值。我们的生命应该浪费在美好的事物上，更应该浪费在有意义的人身上。

这就是全部的答案。

故事只讲一半的老头

幼年的暑假热得树叶又绿又亮，我在庞老头家里待着。中学的升学结果已经确定。出去玩吧，顶着七月炎夏凶残的太阳，人都要脱皮。在家待着太无聊，简直像坐牢。我母亲说："得了，要不你去庞老师那上补习班吧。"

庞老师当了一辈子中学老师，退休了好多年，在家也闲不住，摆了六七张单人课桌，只收附近的小孩子，提前教点东西。

问题是，谁想放假了学几何背单词？我们不过是应付家长啊！庞老头看我们无精打采，估计一去不复返，就把小黑板擦干净，一边写上"人猿""泰山"，一边说："来来，我给你们讲故事吧。"

泰山是个孤儿，被遗弃到原始丛林，跟着一群猿猴厮混。他上蹿下跳，爬树抓鱼，不会讲人的语言，却身手敏捷，成为森林的居民。

这故事可比教科书好玩。我们问："后来呢？"

庞老头说："后来啊，等下次，再给你们讲。"

我们几个很不高兴，开始起哄："您现在就说啊，快点快点！"

庞老头笑眯眯，像一头世界上最狡猾的狐狸。他宣布下课，踱着步子去院子后吃饭。我们一群猢狲散了，各回各家，各找各妈。第二天，我们当然是急不可耐地在家吃了晚饭，就去庞老头家继续听故事。

两天一个故事，故事前学一点东西，写写小作业。庞老头说："听了故事，可以在本子上记下来，再讲给别人听。"

我们兴致勃勃地听从他的意见，再献宝似的，说给邻居家小孩听，甚至说给大人听。

庞老头讲的最后一个故事是《最后一片叶子》，而这个故事只有我在听。因为他的小小补习班已经结束，新学期开学了，我的小伙伴们都去上学了。

至于我，因为我的母亲是个多礼的人，要我拎着一盒皮蛋，送去致谢。其实我们去他家之前，就已经交了二十元补习费的。

那个黄昏变成了我一个人的故事专场。

我用尊敬崇拜的目光，看着这个肚子里有无穷故事的老头，央求他再说一个，因为我很喜欢听。他乐呵呵笑了，我能发现他的汗毛都在震颤，大概是很高兴有学生喜欢听他讲。他收下谢礼，剥了个皮蛋直接给我吃了。

这个故事，庞老头讲得很慢，一个叫乔的年轻女孩生病住院，凄风冷雨中孤独又绝望。于是，年老的画家贝尔曼，偷偷在窗外画了一片树叶。

乔觉得自己的生命就像树叶一样，最终都会凋落，一片不剩。但是，有一片叶子却一直顽强地挂在枝头。

我听得目瞪口呆，世界上还有这么奇特的故事，让人心里有一些哀伤，但又不会绝望。末尾听到树叶是画的，我呆住了。

离开庞老头家，走的时候，他顺手给了我一盒云片糕。

去了学校之后，我才想起，忘记问他这个故事从哪儿来的。我的胃口一直被吊着，要多念念不忘，就有多念念不忘。我想搞清楚来龙去脉。

我打算等我从寄宿高中放假回家了，去找他问清楚。

也不过是半个学期，活了八十岁的庞老头去世了。我看见他的子女把一屋子书清理出来，卖了。

1999 年，在大学的电子阅览室，我在搜索框里，输入了那个从庞老头嘴巴里听到的名字——欧·亨利。

答案不言而喻。

当了一辈子老师的庞老头，看了很多很多的书，他把他喜欢的故事，说给了我们听。他一定有过一本《欧·亨利短篇小说集》，因为我发现，他不只讲了一个欧·亨利写的故事。他还提到了梳子和头发交换的故事，提到了为了把鞋子卖给不穿鞋的土著，在地上撒龙牙草种子，以便长出扎脚的草的故事……

那本从来没见到的欧·亨利的无形之书，从他手里，转送到我这里。再后来，我也成了一个写故事的人。那个老人家是我最初的文学启蒙之师。

　　而今回忆，原来文学在一老一少之间的流淌过程，本身也是一种文学。

无用之用

在大学讲座现场，有个看起来比较成熟的学生，问了我一个很生活化的问题。

他说自己一进学校，就发现同学们都热衷于加入很多社团。有吉他音乐的，也有经济管理的。他自己呢，加入了文学社。

可是，他参加了文学社一年多之后，心里觉得很没劲。平时大家就是写点东西，在自己印刷赠阅的内刊上发一发。一开始都以为社团会有什么趣味十足的活动，以为可以让自己有很大的改变，结果发现并没有。

他问，加入文学社对学生有什么用？

我想了想，加入文学社好像真没什么明显的实际作用。文学社是校园的古老传统，我们写诗，写散文，赞美年华，抒发爱情。不过这对于普通社员来说，都是离实际用处很遥远的行为。

如果是文学社的骨干成员，做管理方面的工作，其实也有一点实用。组织活动、拉广告、邀请嘉宾，跟学校的行政官僚打交道恳求批场地、申请经费，诸如此类，还是可以锻炼做事的能力的。

但是这种锻炼又是有限的。去外面找到大公司实习，一样可以获得，甚至获得的资历积累更加多，更加正规化。

就在那么短短一分钟，我脑海里浮现出漫天飞雪的画面，心忽然柔软起来。

我只记得，千禧年那年的冬夜，我还是一个学生的时候，代表一个文学社团参加省里的诗歌比赛。那次比赛我拿了特等奖。寒夜落雪，我们一群人为了庆祝得奖，提议去吃火锅。一路说说唱唱，很快乐。

当时虽然赢得了奖励，学校也没给我奖金，还让我自己去复印了获奖证书交到校团委。对了，学校复印费都没给我报销。我不是有意要黑母校，但是，这恰恰也说明，在大多数人看来，文学诗歌没有实用价值，哪怕得奖，也不如别的奖励。我后来拿了大学生科研奖，就有实打实的奖金。

许多年后，回忆起来，我却觉得文学社的经历很美好。一生之中，再也难以有这样的时刻。你再也找不到这样的小伙伴，也找不到这样的氛围，找不到这样的心境了。

人到中年以后，忙于酒色财气，忙于生计饭碗，忙于生老病死，忙于喜怒哀乐贪嗔痴，忙于功成名就，不会再有那么多人面容清瘦，笑容明朗。

我们在雪夜里找了一个小饭馆，拉着老板不让他打烊关门。店子里暖烘烘的，我们说说笑笑，糖醋里脊和水煮肉，冻得透心凉的啤酒和椒盐花生米，吃到全身发热，脸颊通红，浑然天成，无忧无虑。

对了，据说，在那一次比赛中，有一个女孩跟一个外系的男孩走到了一起。后来他们结婚了。

哪怕文学社屁用都没有，它还有一个奇妙的作用——"勾搭"妹子谈恋爱。要知道，喜欢文学的女孩总是很多的。

这正是无用之用。

我不知道我的回答，是否真的解决了那个年轻学生心中的困惑，我只知道，他鼓掌了。

很多事情看起来没什么实际利益和用处。但不经历，人就不会长大成熟。青春里的许多经历，不管是爱情，还是生活，或是学业，其实是要在多年后显现意义。

这是成长，也是必经，如果你还年轻，终有一天你也会懂。

喜欢手工的人

我认识的很多文艺界友人，无一例外喜欢逛手工集市。有一年我被拉着去看了创意市集，看到了那些花花绿绿的小玩意儿——漂亮纸品扎堆，堆满了色泽很鲜艳的明信片函件。

小巧的手链镯子还有编织物，无一不带着自得其乐的意思。然而，这已经是物质丰盈年代的后手工时代。

他们拥有更多的选择和审美，带着精致的修饰。作为一个而立之年的人，我深刻记得前手工时代里，那才是化腐朽为神奇的惊叹。

小时候隔壁的一个姐姐擅长编织，素材不易得，她就跑到医院里，把输液后废弃的透明塑料管拿回来清洗清洗，折叠一番，赫然变出一条水晶剔透的小鱼儿来。至于调节点滴速度的蓝色小滚轮，就绑在头部充当鱼眼。

有一年我生病，被她叮嘱把输液管拿回家，奖励就是她的手工艺品。得到那么一串小鱼儿，走在阳光里，少年时代的我，开心不已。这种是非实用的，是孩子们的玩意儿。

另外一种是大人们的，我父母单位的同事，家家户户的很多实用物品都是自己做的。比如窗帘，用过的被褥边角磨损，裁剪撕开，挂起来就飘扬了。比如装过麦乳精和水果的各色瓶瓶罐罐，但凡有点姿色的玻璃陶瓷材质，都逃不过担当花盆、花瓶的宿命。清水盛花，自有一种意境。

前些年《舌尖上的中国》很热门，看得人食指大动，里面提到一种专门承接民间宴席的厨子。我母亲当年做会计之余，谋取额外收入就是靠这份副业。她是一名小城市流水席的厨师，那类宴席，要求一次能出大量米饭菜肴，于是就需要巨大的木桶，巨大的笼屉，这些就不是工业生产的，是母亲会同外公或亲戚拿竹子编的。

除了物品，人们还喜欢栽种瓜果蔬菜。

中学时，我家阳台开辟了一块菜田，番茄、黄瓜、辣椒长出来，叫人看了双眼清亮，内心充满喜悦。

所以后来我越发理解，为什么三毛那么风靡了。她的文字闪耀着太多亲自动手的信念之光，这信念，说得雅致点，叫寻找自己的世界，乃至创造一个自己的小世界。说得直白点，那就是不论何时何地，乐观地活着，生活本就是亲力亲为，才算真的属于自己。

所以她去了最贫瘠的沙漠，被风沙干枯的动物骨头，她能做成壁饰，废弃的轮胎包裹了布料棉花，也可以变成舒服的坐垫。这份手工主义的极致热爱，深得我心。及至后来，社会渐渐生动繁荣起来，前手工时代就逝去了。

　　但不管前后时代，实用或非实用，自己动手永远是最靠谱的主义，也是我辨识一个人的重要法则。如果高蹈善谈大义，却掌握不了最基本的生活细节，这种人绝对当不了朋友。我的母亲，小时挨过饿，至今都能轻易在窗台种出几棵小葱、蒜头、白菜，拿布料做枕套，旧衣服做出空调罩子。

　　做手工，种菜，本质上都是一回事，就是生活本身。

　　这些草木和物品不是野趣，乃是因人而生的态度，是知人间滋味的，专注于它们的存在就是对的，比任何拼斗心智的人类行为都要崇高明慧。能在历尽苦难饥饿后，将有限的生命引回宁静本来的样子，是莫大的信仰。

是什么人做什么事

我有一个朋友，从前在一家很有名的刊物当记者。后来，他成为电视台编导，再后来，他决定自己修行，不想上班。

他认识很多亿万富翁，常常为他们筹划雅集。在顶级酒店，在高级会所，在私人会馆，都有他的身影。

很多名流都知道他，都觉得他性格好、热情，很耐得住磨。

这样的日子过得很快活，不知不觉，他已经快四十岁了。有一天，他从韩国回来，和我会面，请我看了一场电影。他忽然看着电影院的海报惊叫起来。

我问他："怎么了？"

他指着电影海报上出品人的名字说："这个人是当年我在北京一起工作的同事，我们租一套房子，很聊得来。"

那部电影是一部投资巨大的大片。他终于受到刺激，告诉我，很想做一点自己的事业，于是策划了一个方案。他想开一间精致的茶叶会馆，需要投资。但那些真正的有钱人，没有一个投资他。

不仅不投资他，富豪们还继续邀请他赴宴。

他很困惑，找我诉苦："这是为什么？"

我告诉他："这是因为，你所展现的都是你的情趣爱好，闻香、坐禅、煮菜、听琴、试玉、读经、品酒、赏月……他们需要一个闲散的人，陪同他们玩。你们厮混得熟，在高端圈子里，仿若好友。一会儿出国游，一会儿聚会。而本质上，你和他们的相处，是玩乐性质，他们总把你当成跑腿办事的，而不是当成真正的伙伴或友人。"

"他们平时对我蛮好蛮大方呀！有时候随手就送我一块价钱上万的名表，顺便就塞给我一套阿玛尼的西服，为什么就是不肯拿出几万、十几万试试看，那根本就是他们的九牛一毛。"

我笑道："富人们只是在放松消遣时候找你，为了感谢你组织活动，会顺手送你名牌手表衣服，那代表你的价值就是这些物品。这些物品，也很可能来自别人的馈赠，比如银行会给重点大客户回扣送礼。东西放着也是白白搁置，不如做顺水人情送给你。"

我们换位思考一下，试问，如果你是一个有钱人，你会轻易投资给一个爱玩会玩、行踪不定，并且从来没做过成功生意的人吗？

要他们把真金白银交给你做事，太难了。商场上厮杀拼斗发财的人，反而特别在乎积攒扩大的财富，甚至锱铢必较。

会玩，其实是一个优点。但这个优点，适合开公关公司，做开拓人脉工作。

做事，有另外一套价值体系。

如果你想真正做事，就要改换门庭，做好艰苦创业的准备。从小门面做起，从赚钱的经验积累起。

这个朋友点头称是。

半年后，他打电话给我，原来他已经去一家佛学刊物担任总监。他告诉我："原来热情劲头消散，自己并没有那么想开店。"

他只是喜欢精致的文化，安逸的生活，创业是因为看见相同年纪的人事业有成。

我问他："你快乐吗？对薪水满足吗？"

他回答说，还不错。平时采访出家人，关注文化修行，觉得很舒服。他也总算理解了富豪们的心态，渐渐地不再打交道。

人生中，熊掌与鱼不可兼得。得到了逍遥快活，还有口饭吃，说明这才适合他。

你是什么样的人，就去做什么样的事。

小心机

赫塔·米勒有一本小说叫《心兽》，这本小说有一篇很漫长的自序。序言的开头，她写了一个出现在她生命中，让她耿耿于怀的小东西。

幼年的她每次清早出门，总是忘记携带自己的手绢。然后，母亲会喊住她，提醒她，"米勒，你要记得带上手绢了。"然后她才心满意足地去上学。

忘记，提醒，日复一日，周而复始形成某种规律，伴随她的童年。其实，她是故意忘记带的，因为这样就可以获得一种微妙的证明。

一个真正的母亲，总会细致入微地照顾子女。为了反复体验这种母亲之爱，她才不断"忘记"手绢，唤起母亲的提醒。母亲的关怀，就蕴含在手绢中。

读到手绢的故事时，是在一个南方城市的友人家里。站在他的书柜前，我一瞬间想起另外一个小孩子，只不过，这个小孩子是臼井仪人作品《蜡笔小新》中的人物，他叫野原新之助。小新每次回家，总爱冲妈妈说："你回来啦！"这个时候他的妈妈总会纠正他："小新，你应该说'我回来啦!'"小新总会露出大为震惊的神情。

一度我以为，小新的这个习惯是一个顽童的恶作剧，漫画家也只是表达小新特别逗乐，描述跟妈妈之间的瞎胡闹。但当我融会贯通不同作品里的类似场景，便完全理解了那种非常隐蔽，潜在海底的心情，我忍不住含泪微笑了。

这算是小孩子的秘密吗？或许是。大部分的人恐怕都有过这种行为，尽管自己都不是很明白，自己内心深层次的动机：为了获得被爱的感受，运用在日常生活中。我们的心是最饥渴的动物，执着于寻觅爱意，以爱为食物，甚至主动制造，扩大生产，再吃下去，才能够饱足平静。

渐渐小女孩长大了，总有一天也会成为母亲。我不知道女作家赫塔·米勒是否有女儿，我只能默默地猜想：有一天，她的孩子也做出这样的小心机，她必定万分洞悉这种自己曾有过的想法，温柔地与孩子配合吧！

我甚至还推测下去，这母亲固然洞悉秘密，却一定秘而不宣。无声无息，潜行默动，如同不为人知的天体运行一般。

于是，小心机的境界又为之一跃，进入更柔软普遍的庞大境地。

我们活在这个世界上，此种小心机，令我们变得沉静温柔，仿佛穷尽孤独时遇见汹涌人群而倍感欣慰，寒风中忍耐饥肠辘辘接过一大杯热可可，长途列车抵达终点站时两脚终于站稳于站台。

请务必牢记住这类小心机，生生代代私相传授。

论孤独

1999 年，我念大一。那时候，学校门口小商贩都还在，熙熙融融一条街，吃喝玩乐，什么都有。

当时我才十七岁，一心读书考试，懵懂无知。平安夜，圣诞节，忽然之间，发现同学们中好多情侣浮出水面，搂搂抱抱，亲亲热热，于是我懂了什么叫孤单。

十年后，2010 年，我写了一篇小小的短文:《圣诞忆旧记》。我把这篇散文，收录到了我的很多书里:

我记得世纪之初的那年圣诞节，宿舍空荡荡，我一个人难以忍受孤寂，跑出学校，在外面游荡，卖帽子的，卖玫瑰的，卖手套的，卖围巾的，络绎不绝生意绝佳。我在一家玫瑰店无聊地看了片刻，店主催促我快买几枝送人。你猜我买了还是没买呢?

没有人教你该怎么面对孤单。尤其是，在你目睹世界上有那么多人并不孤单的时候。那些街头拥吻的人，那些握紧电话仿佛永远不舍得放下的人，那些站在商店犹豫买什么礼物送人的人，他们是不孤单的。

你呢？

每到特定的节假日，就令你不自在。譬如十二月的圣诞节，充满无限光彩，喧嚣无比年年如此，别人你侬我侬，你则羡慕嫉妒恨。也许你爱过，但此刻孤单。也许你从来没爱过，此刻依然孤单。

没有人教你，也没人能教你，因为孤单从来不是可以克服的事物。它诞生了，发酵了，蔓延了，覆盖了，像大树的阴影覆盖了树下倚靠的人。没有人阻拦你离开，但你自己停留其中。

在十年后忆旧，回忆起当年的圣诞节，我忽然默默地微笑了。那年我买了一枝玫瑰。

也许所有的节日，都是最好的节日，也是最坏的节日。因为在月亮下面，有人相聚，就一定有人没相聚。时光凝聚又散开，我们相逢又遗忘。

那年我买的玫瑰，没有送人，带回宿舍，枯了，丢了。太可惜了。我很想沿路随机送出去，但我始终没勇气这样做。十年之后的我，我会嬉皮笑脸送出去，即便不会成功寻觅到一个恋人。喂，你明白了吗？孤单没有变，孤单也没有被克服，可是人变了，变得柔软了。

在孤单和不孤单之间，不是那么绝对对立，无立足之地。孤单在，就让它在，我们还是会寻找，还是会等待，就当孤单是一只小宠物，摸摸脑袋，由着它作陪。

我用十年的人生，明白了第二件东西。孤单从来不是可以克服的事物。所以，我们要学习跟自己相处，跟孤单和平共处。

尤其是，孤单的本质，与恋人、与亲人、与朋友有关，但他们只是外因。内因，是一个人的心境。

而如今，我已经过了三十岁，直奔不惑之年了。去中国人民大学讲座，甚至有同学开玩笑，说我是著名中年作家……要知道，从前的头衔是著名青年作家。

2016年的圣诞节，我打开一首淡淡悲伤的歌，记忆忽然涌上来。想起一个老同事。

那同事，是个女孩，我很讨厌她。她像个刺猬，浑身长满锋利的针。我记忆中最深刻的细节，全国房价开始涨价的时候，我们一群同事开会，议论着要不要再买房。

这个女孩说："你们买那些房子，还不如我家厕所大。"她一句话，简直可以噎死所有人。

嗯，她家的确条件优越。她的爷爷，是海军的将军。她却从小叛逆，是被父母严格管教，狠狠地打大的。她不服输，杠着，被打得更厉害，很凶残。

当初，她被送到我们杂志社，也是因为桀骜难驯，她的母亲希望借助心理学刊物的熏陶或者说调教，对她有点作用。

我只记得有一次，我们单位请一个专家吃饭，所有同事都在。她戴着耳机闷头听歌。我们的部门头儿笑着拍她的肩膀，"还不跟老师打招呼，听话，这可是基本礼貌！"

那女孩取下一只耳机，笑着打招呼，另外一只耳机，仍然没拿下来。我问她："听的什么歌呢?"

"很悲伤的曲子，纯音乐的。"于是我"喔"了一声，说："我也挺喜欢纯音乐的。"

她又说："不知道为什么，每次心里很烦，听悲伤的，反而平静了。"

电光石火之间，我明白了。这是一个想做自己的女孩，于是在敌视对峙中，一个人抗衡着全部的家庭意志。

这个过程，一定有伤，一定很痛。

一个家族里有一个强势如核心的老爷子，往往所有晚辈都笼罩在老爷子的影子里。他的意志，他的话，就是金科玉律，左右着所有家人。成为叛逆的孩子，孤军奋战，太需要勇气。

她从孤单中，去借一点勇敢的方式，是听悲伤的歌。

后来，她结婚生子，一直在那杂志社工作下去，整个人变柔软了，快乐了。

人生如果已经如此悲伤，我还有什么可害怕的。在这平静中，我能生出专属自己的力量。

我曾经以为，孤独只是一个人的柔软脆弱。但是，孤独也可以是一个人拥有力量的源头。

在一个人的战斗中，我们学会了跟自己和解，也学到了汲取力量的办法。我们也学会了纵然天南地北，心中天涯咫尺。

祝你在所有的节日都快乐，愿我的文字也能借给你一点小宇宙。

人生的本意

有一年去北大找我的书呆子朋友玩。她读书很棒，不像我，随便考个普通大学就度过了青春。当时天气晴朗，碧空如洗，她带我在校园里闲逛，我指着那些青翠的爬山虎攀缘的老旧平房，问她："都是带院子的屋子啊，住在这些房子里可真惬意。"

她跟我说，那一片都是给老教授们住的宅子。有的因为学术大师居住过，达到保护文物级别了，就一直原封不动留着。有的里面还住着人呢！

我们走得浑身发热，就坐在一个花坛边休息，旁边五六只大白波斯猫懒洋洋打瞌睡，完全不怕人。

老同学说道："这些猫不愁吃喝。老有学生逗它们玩，给它们鱼啊剩菜什么的。你看那个屋子，据说季羡林老先生养了一只白猫。白天的时候，猫会跟随季羡林先生出去散步，一起上山，再一起下山。这成了燕园中的一道风景。"

我附和："啊，好一道亮丽的风景线。"

　　同学一脸神往："你觉不觉得真的好有学术范儿，我都想变成猫，跟着老先生散步，被季羡林大师喂吃的，沾点灵气。"

　　我想了想，回答她："哦，不觉得。我发现大师们喂过的猫，更肥！"

　　"没有你胖。"朋友怒了，遂绝交三个小时。

　　晚上我们一起在食堂里吃水煮鱼，为她庆祝生日，祝她快乐。又聊起季羡林先生。同学说："想起大教授和猫的故事，有时候心里会很沉静。"

　　我明白她的感受。哪怕学海无涯苦作舟，生活还是可以充满平常的悠闲快乐。老先生那种大学者，一辈子面对浩如烟海的历史做研究，晚年还勤奋写散文随笔。盛名之下，多少杂事找上门，完全可想而知。但他出了家门散步，只带着一只大猫，是挺悠然自如的。

　　以前我写小说的时候，常常会全情投入，导致沉浸在另外一个世界当中。小说里的人物各种遭遇，交往、分开、长大、重逢、离开、分别、流泪、快乐、悲伤……我也会独自对着笔记本电脑，有时候哭，有时候笑，有时候俯首桌面忧伤过度。

　　这种情况很多年都延续不变。直到有一天，我买了一个二手玩偶。我在我家对面大学的网站上，看见一个二手交易信息，有人转售一个巨大的白色的绒毛玩偶——一头奶牛。那个奶牛差不多就像一个十五岁的少年那么大，并且是小胖子那种身材。它嘴巴上弯，带着笑意。我一眼看中，于是带它回家了。这只沉默而不会说话的绒毛玩偶，被我顺手放在了靠近书桌的角落。

我的生活与从前有一点细微不同。当我被写作牵引，久久沉浸其中，一转身，视线落在了玩偶身上，看见它在笑，笑得温和沉静。

许久以后，我忍不住站起身，走向它，深深地拥抱住它，时间瞬间停顿片刻。那种温柔触感让我有一种孩童般安定的感觉。之后我就不再理会小说人物那些什么悲欢离合，当我写出来了，就快忘却吧，我就要出门去看看风景，我要去海边旅行，去找朋友们吃喝谈笑。它带我离开虚构的世界，回到现实世界。

我在广州待过一段时间，在一个杂志社做主编。我上班的单位，除了杂志，主业还包括动漫项目，每年还举办国内国际的动漫节。去之前我根本没料到，日常事务如此繁多，每天各个部门一堆杂事找上我，一会儿是日本的公司想合作开发作品版权的中文新媒体形式，一会儿是法国的漫画家想连载新集子。

在头昏脑涨的时候，我抬头，会看见一只白色的、身材圆滚滚的，但更加巨型的猫形大玩偶。

它站在办公室入口的二楼上，竖立着耳朵，伸开双手，嘴巴笑成一个 W。我问同事，它有名字吗。同事告诉我，叫丘比猫。

它在提醒我呢！提醒我人不能被工作完全占据。

它们被设计为微笑而不是哭泣，被设计为放开胸怀、友善和睦，而不是钻牛角尖、沉迷于不爽，它们带着目的性，是正面的暗示。于是我中午时分，到楼下的饭店来一份酥炸鱼皮，配粤式生菜粥，再加一杯冻奶茶，慢慢吃喝。那味道真的好极了。

工作上班，读书求学，千头万绪，需要你迅雷闪电一般处理。但生活的节奏要掌握在自己手里，绝不能完全交出去。否则你会错失努力用功的本意，反认他乡是故乡。我们得给自己找一种信物，一个道具，用来提醒自己，就像《盗梦空间》里的旋转陀螺。

这一类的事物还有很多，因人而异。对你而言，可能是一张旧照片，一句老先生的教诲，一个电影里的眼神，一封泛黄的书信，一个存钱罐，一双手套，一个老古董……它们出现在我们的生命里，像我们童年写下的座右铭，像我们长大后建立的梦想坐标，像我们的重要事件备忘录，还像在我们一路走得太匆忙时，提醒我们放慢点欣赏风景的美学家朱光潜。

朱光潜老先生写文章说，阿尔卑斯山谷中有一条大汽车路，两旁景物极美，路上插着一个标语牌劝告游人说："慢慢走，欣赏啊！"

"许多人在这车如流水马如龙的世界过活，恰如在阿尔卑斯山谷中乘汽车兜风，匆匆忙忙地急驰而过，无暇回首流连风景，于是这丰富华丽的世界便成为一个无趣的囚牢。这是一件多么惋惜的事啊！"于是他把这标语转赠给国人。

但得说清楚的是，"慢慢走，欣赏啊！"并不是让人平白无故就慢下来，或者放任散漫不干正经事。说实话，让一个人一直住在阿尔卑斯山谷里，慢慢地看极美的风景，他也会痛不欲生。那些天天游荡的人，反而对世间美景熟视无睹，别说欣赏，早就看得腻烦了。

钱锺书在《论快乐》里也说："洗一个澡，看一朵花，吃一顿饭，你觉得快活，并非全因为澡洗得干净，花开得好，或菜合你口味，主要因为你心无挂碍，轻松的灵魂可以专注肉体的感觉，来欣赏，来审定。因此，快乐是由精神决定，精神的炼金术能使肉体痛苦变成快乐的资料，人生虽有不快乐，而仍能乐观。"

正是日夜繁忙的人，短暂放松兜风一下，格外舒畅甜美。我们所需要做到的，是全心全意专注体会那一刻。

人生虽然忙碌烦扰，但仍然能够偷得浮生半日闲。清风吹过山冈，吹过我；明月悬挂夜空，照着我。风景美丽，满心欢喜，给我自己一段快乐。

春风中的少女

我的同学阿松有个妹妹叫小雨，这女孩五年前才七八岁时，那年春节，她突然来敲门，说是要给我拜年。

我一琢磨，立刻明白了，她那个不要脸的老哥故意让她来要压岁钱了。我就故意问："你给我拜年啊？那我也跟你说一声新年好，快回家吧，来，给你一包饼干。"

小雨接过饼干，嘴巴一嘟，开始撒娇："我哥说啦，不能光嘴巴拜年，我还没拜完呢。"

我一愣，就看见这小女孩啪嗒一声，从背后拿出一个布垫子来，飞快趴下，给我一连叩了三个头，嘴巴特别甜说着吉祥话，笑容也甜，一脸乖巧地注视着我。于是，我转身去拿钱包。

又过了两年，小雨念中学了，人长高了，长成亭亭玉立的少女了，完全不是小时候流鼻涕的小丫头了。我和阿松，还有她，还有阿松的另外一个弟弟，一起在树下的草皮上，晒太阳玩扑克。她和我们嬉笑逗闹，帮着自家人出牌打赢我。

　　我问她长大了有什么志向，她说要当银行白领，因为功课还不错。

　　我很仔细地观察她的眼睛，很清澈。我问阿松："她还想读大学吧？"阿松说："当然啊，我妈家里的门面在赚钱，我弟弟也结婚了，供她上个大学没问题。"阿松回过头，冲小雨说："嘿嘿，到时候好好赚钱孝敬老哥。"

　　阳光温暖，让人犯困，小雨打着哈欠回答说："肯定啦。等我赚到钱再说，哼。"

　　谁看得出来呢？他们兄妹没有血缘关系。阿松父母离异，两兄弟跟着母亲，那些年极为困苦艰难。至于这个小妹，是阿松中学时代在路边捡到的女婴，一个被遗弃的孩子。

　　小雨很早就知道自己的身世，他们一点也没隐瞒。但这女孩的眸子，乌黑明朗，半点晦暗都没有，没有小心翼翼的收敛，也没有心底默默要报答收养之恩的沉重。

　　至于阿松，他和他母亲以前的确怨恨那个抛妻弃子的男人。渐渐阿松长大了，大学毕业，工作买房赚钱独立，境况好转，一家人开始变成热情生活的小市民。

　　阿松某一次问我："能写写我的事迹上报纸露脸吗？"小雨在旁边插嘴："我也要上，我来讲……"

　　看着他们如此狡黠精明，我太佩服了。阿松和小雨这家人，算是活得明白了。该高兴就高兴，该骂就骂，该吵架就吵架，该撒娇就撒娇，一心赚钱积极向上，只要有利于过好日子，那就去做，甚至大大方方主动给旁人施展怜悯同情的机会，双赢嘛。

人生最大的真相是，把伤害太当一回事的人，都活得不好。

他们反其道而行之，构成聪明的一家人。

瞬间长大

陈克是菲亚与小远的最高上司。他是总公司从德国派来的行政总监，全权负责子公司的所有事务。菲亚与小远一般不会与陈克直接接触，因为她们只是负责接待的两个小职员。

菲亚已经在公司工作了两年，小远则是初来乍到的新人，她们做的是同样的工作。

小远并不把菲亚放在眼里。因为一个人在公司待了两年，还没有升职，估计已经没有什么发展前途。

每次开会，菲亚都能以最快的速度，适时递上陈克临时需要的资料。可是，头儿并没有对她另眼相看，因为这些事情实在微不足道。但菲亚仍然做着这些事，而且始终带着职业化的微笑，既没有对领导成功献殷勤的得意，也丝毫不在意身旁小远投来的鄙视目光。

午饭时间，陈克居然亲自来到秘书室。他扫视了一下，只有小远在。陈克吩咐："小远，下午我和助理要外出，你负责接听一下电话。有什么事情处理一下。"小远急忙称是，心想终于有机会在领导面前表现自己。

电话果然不少。

第一个电话，"现在是休息时间，半小时后你再打过来。"

第二个电话，"喂，你好，我想找陈总。"

"不好意思，他不在。"

"那我找他的助理。"

"也不在。您待会儿再打来！"

自认圆满完成任务的小远，一回秘书室，扑面而来的却是经理的训斥："你的水平怎么这样差，连个电话都不会接，客户不说你不行，会说公司人员没素质。"小远一下子蒙了："我没犯错呀，很客气地接听了电话呀！客户也太挑剔了。"经理咆哮道："今后，多看看菲亚是怎么做的吧！"

不久，陈克再次光临秘书处，点名要菲亚去接听电话。小远暗自留意她如何应付。

估计打来电话的人需要某个客户主管的电话号码。菲亚回道："哦，好的，您仔细记录一下，他的名字叫……他的电话是……他现在与我们合作的业务主要负责人是……"

小远傻眼了。

菲亚居然主动提供了如此多的信息，这样一来，对方就有了更多的选择和了解。可自己只是一句"人不在"就打发了。

"您有什么事情吗？哦，想借用一下我们公司的技术人员，我去看看。"菲亚小步跑着往返。

十五分钟后，电话那边的人似乎非常满意，因为菲亚脸上又浮现出习惯性的微笑，不断地说："好的，好的，希望您的事情早点解决。再见！"

还有一件事情，小远想不通。为什么其他部门经理让菲亚做的事情，她也尽心尽力。那不等于做了那些经理秘书的工作吗？但菲亚对此却一点也不在意。

秘书室的经理要调到其他分公司去，小远看准了这个位置。不过，那是她两年后的计划。

现在，她明白：经验丰富、老练能干的菲亚，才是最适合的人选。正如她所料，菲亚接任了经理，成了她的顶头上司。

总有人能让你瞬间长大，对于小远来说，菲亚就是这样的人。

通往自由之路

一

很多年前我在网上看美剧。女主角是个向往时尚行业的年轻人，在知名企业上班。有一天她通知自己的好朋友和同事，说自己搬家啦，要开一个 Party 庆祝。于是一群年轻人聚集在一起，又是唱又是跳，喝着香槟吃着东西。

他们唱歌喝酒的同时，开始闲聊。

"你住的这个公寓多少钱？"

女主角报出租金数目。

她的朋友惊呼："真的是好贵。不过开窗一看，太棒了，对面就是繁华的第五街道。"

女主角说："每次我打开窗户，都更有动力留在这儿。虽然房租多了两三倍，但我就是想逼着自己往前走。"

原来女主角并不是买的房子，是租的。在纽约那种大城市，年纪轻轻想买房子难过登天。年轻人从便宜的居民区，搬到了高级一点的公寓，也要庆祝乔迁之喜。

难道外国的年轻人不想买吗？把公寓租给他们的房东，他们又是怎么拥有房子的？答案呼之欲出。那些房东并不是生来就拥有房子！一样也曾经年轻过，只不过赚到了钱，部分地转换成了其他财产。

大城市并不是天生就繁华的。今天的很多省会，几十年前不过是小县城，因为地理上交通便利，而变成大都会。国际大都会上海一百多年前不过是郊县，深圳三十多年前不过是小渔村。时代浪潮滚滚而来，年轻人涌向人多的地方，那里充满希望和机会。所以越繁华的城市会更加繁华。

大学毕业，工作几年后，我观察到一个很有趣的现象。那些很早就买了房子的，日益往前行进，那些总是怕约束，不肯负起人生责任的，还在为房子愁苦的，结果越来越不自由。

没错，我很早就贷款买房，给自己套上了"紧箍咒"。

二

隔着时空岁月，现在往回看，原来每一步都暗藏着方向。

我的力量，来自好胜心，也来自迫不得已的束缚，更有来自长者的教诲。

我念大学的城市武汉，也算一个挺大的城市，有个年纪很大的教授说："有什么好玩的？外面的世界更加精彩，北京、上海更大更繁华。

国内玩完了，国外还有更加精彩的风景，别当井底之蛙。"

我被这话鼓舞了，我想见识更大的世界，我想成为有本事的人。我日日做笔记练笔，大胆投稿，一投就中，在本地报纸和文学杂志发表散文，在校内被封为才子。

但一个同学冷笑，"你不是才子吗！有本事发大报啊！"

这话真难听。原本兴冲冲的我，听了同学冰冷冷的话，跟吃了苍蝇一般不爽。于是我也嘴硬："那有什么，你等着看吧。"我去图书馆，好好研读那些大报都刊登了一些什么。

大二的时候，我终于在《光明日报》《中国青年报》发表了很多文章。说真的，别人在打游戏谈恋爱出去玩时，我却不辞辛苦地在图书馆看书看报看杂志，务必研究透彻，一举拿下。这是好胜心起作用，但自己立下的志，含泪也要去达成。凭借这点才华，我赢得了一群文学社朋友和老师的赞赏。

我自己给自己找罪受，但这是一种良性循环。

渐渐地，我便尝到了好处，因为稿费来了。我从此不再找家里要生活费了。这感觉真的很爽，别的同学，哪怕家境再好，总得找父母开口要钱。我用自己的一支笔，一个月几千稿费，非常自由，用得心安理得，格外骄傲。

在我毕业十三年后，家里翻修，清理所有的旧物，我找到了那条光阴伏下的线索脉络。那一堆的荣誉证书、获奖证书，都是证明。凭借这么厚厚一本简历，毕业时找工作，我简直不费吹灰之力。

我在毕业后两年，就省吃俭用存下首付去买房。

房奴的滋味如何？我有切身体会，当然很不好受。这是现实的束缚。但人就是这样，因为受到压力限制，才会更加勤勉用功。

随着自身能力的提升，加上货币贬值，昔日看着可怕的房贷，渐渐变得不值一提。

我得以辞职，专注写作，做自己喜欢的事，并且做得还不赖：进入全国诸多畅销书排行榜，进入众多报刊的年度好书榜，入选影响力作家文学贡献榜。

三

我们活这一世，看似大把时间，其实青春眨眼而过。譬如蜉蝣，朝生暮死。杜甫写过一首《秋兴》，"同学少年多不贱，五陵裘马自轻肥"。每个人境遇各不同，年少时不明显，同学少年都差不多。长大后，有人功成名就，有人黯淡落寞。

有人玩嗨了，变成老油条，找个工作混日子，喝酒泡妞。有人想有所成就，让梦想照进现实。有个老同学，工作努力，后来评上了优秀检察官。隔两年，他又去读了个清华大学的研究生。

差距，就这样一点一点拉开。总的说来，我那些解决房子问题的同学，更加追求生活质量和自由度。

这中间的分界点在于：人是一种特别容易"心猿意马"的高级动物，非常需要借助一些重要的力量来坚定心志。

你可以生活浮荡，没关系的，真实的社会生活，会把选择摆在你面前。举个例子，人人都知道房子昂贵，买了房子就像是孙悟空套上"紧箍咒"，你不愿意套上？那你在婚恋市场上都备受挑剔。别人资产升值，你则旁观艳羡。

一无所有的人，心性不定。你得到了不动产，就会定下心，完完整整拥有它。你欠了银行的钱，要建立自己的家业，过上想要的生活，你就要尊重自己的信用，用心工作。

一个有产业的人，会倾向于遵守文明制度，传承财富，做一个稳妥进步的社会人。"无恒产者无恒心"，就是这个意思。

拿房子说事，只是举例，这只是人生的主题之一，不是唯一的。最重要的，其实是我们对自己心志的掌握。了解它，尊重人性。

自由并不等于散漫混迹，自由如此珍贵，恰恰源自强大以后的成全自己。

幸福的顺序

我在杂志开辟人生专栏的时候，收到一封读者 Y 女士的来信：

在旁人眼里，我是幸福的女人，有一对四岁的双胞胎女儿，还有事业有成的老公，下个月，马上要搬进新买的别墅。可以说，我的生活几乎让所有认识我的女性朋友羡慕。

两年前，我们家在郊外买了幢别墅，因为装修工程量非常大，先生想法又多，工程搞了一年多都没竣工。最近好不容易接近尾声，我天天去做监工，有时还带着工人去做卫生。但我每次好不容易搞完卫生，第二天还没完工的项目带来的灰尘又会把房子弄脏，我就又带保姆去打扫。整个夏天，我都在与灰尘的战斗中度过，无休止的打扫让我疲惫不堪，女儿跟着我折腾也中暑了，保姆更是怨言大，说我老做无用功。

这几天，我又感冒了，躺在病床上，忽然觉得婚后生活无聊琐碎。自从结婚做了全职太太后，我的生活似乎和家里的灰尘干上了，虽然有工人，但还是感觉有忙不完的家务事，每天为了琐事烦恼不堪，人也开始变得脾气暴躁，总会有莫名的危机感，怕与社会脱节。

以前我在一家公司做翻译，环境比较好，收入也不错。生完孩子后，我面临两个问题，一是喂养问题，不能给女儿新鲜的奶喝了，只能吸出来备用，我知道这也是大多数上班妈妈们无奈的选择，但是，我心底还是不愿意这样子。二是我如果上班，白天照顾孩子的主要就是我妈妈和保姆，虽然老人肯定喜欢孩子也会尽心照顾，但是，三岁前刚好是教育的黄金期，我有些不甘心就这么浪费掉了。加上我妈妈干活不是很利索，尽管有保姆帮忙，把两个女儿扔给她，她的压力也会很大。

当时，我先生说："我长期驻外出差，家务可以请人做，孩子的教育需要你自己抓。你出去工作就等于社会上多一个失业的人，为什么要去跟别人抢饭碗呀？应该把机会给真正需要工作的人。"尽管我坚持了两个多月，却突然意识到自己的精力真的不如从前了，上班的时候还在挂念着孩子，每天晚上顶着星星回到家时，她们已经睡着了，早上她们醒了之后看到我要离开时，就拼命大哭。于是，我辞职了，放弃了外人看来体面高薪的工作。

刚开始两年，我只觉得时间忙得不够用。现在她们上了幼儿园，我才突然发现自己的社交圈小了很多，和以往的朋友几乎没什么联系。她们老是说自己要工作，不像我不用工作，只是逛街吃饭。因为没什么朋友，我的手机号码除了幼儿园老师和银行客服，就只有先生经常打给我，每月的月租费比话费还要多！

　　近几天情绪低落到了极点，没有精神做任何事情。其实，我内心最想做的事情是全职照顾女儿，和她们在一起真的好开心，同时也厌倦了打工的艰辛。可是面对现在单调、枯燥的生活，我又很难承受。我该怎么选择，怎样做才对，有人能给我指个路吗？

这是我给她的回信：

　　Y女士你好，在和你正经说事之前，我很认真想了一想，有什么办法，不用理论学说解释，也吻合你需求的工作。答案是——开个网店吧。

　　这样你既可以在家，与孩子们在一起，又有自己的事业可以做。这个淘宝店呢，也无所谓很大业绩，不需要很忙，一个月有基本的额度打发你的时间，做点精品，兼顾了你的多种需求。开个网店看起来很简单，其实要学很多东西，要掌握很多方面信息。不过这个办法，只能供你参考。

其实我下面要说的正经道理，也只能供你参考。没有人能够给他人指路，他人充其量只是提供多一种视角，这样你看待事情，能够看得全面点，更加接近真实情况。

你的来信又特别典型，典型到不用分析，问题就摆在眼前了，因为你说"我的生活几乎让所有认识我的女性朋友羡慕"。一个人，把生命价值建立在让他人羡慕之上，那你自己的幸福顺序呢？

幸福这种东西，没有标准，但有顺序。什么叫顺序？那就是，人不只有最最重要的事情，还有第二重要的事情，还有第三第四第五……人不止一个身份，有多重身份。人也不止一个阶段，有很多阶段。

你不只是一个母亲。你还是一个女人，你需要先生认同你是有职业价值的，而不只是一个主妇。当然了，你心甘情愿当一个主妇也没关系，问题是，人生让别人来决定，就很不舒服了。

你更加是一个人，需要社会认同你，给你留一席之地。原因其实也简单，人类这种哺乳动物，为了孕育，你的激素分泌，你的身心状态，都与之配合调整。当孩子生下来了，过了婴儿期，开始去上幼儿园了，你的作为高级动物的天职基本完成了，你的内部激素分泌，你的注意力，也恢复了正常状态。

孩子是生命中最重要的一部分，但你自我的意愿和人生也很重要。将来等孩子长大独立之时，你又要经历痛苦煎熬的分离焦虑。

所以，你现在应该明白我说的意思了。顺序这个词语的意思是，人在不同的阶段，最重要的事情，其实是变化的。照顾孩子当然必要也重要，但你无法彻底满足需要。

说得再直白透亮点，在这个阶段，你对自己"社会化"的心理需求，其实大于担当母亲的需求。不管是经济状况、时间，还是情感付出，当母亲你当得绰绰有余了，有额外的精力和情感，渴望做点职业方面的事。

对于你来说，其实一半辛劳分配给了幼儿园这样的教育机构，按道理，你先生也得再承担一部分陪伴照顾的责任。不过你先生通过"赚钱支付雇用服务"，转嫁给保姆了。

不仅如此，你还有你的妈妈协助帮忙。此外，你先生长期要驻外出差，不需要你照顾生活起居，等等。

这意味着什么？意味着本质上你就不是一个全职太太，最多算是五分之一的家庭主妇。

否则，没法解释你完全"自相矛盾"的话，全职照顾女儿那么开心，怎么又觉得生活单调枯燥呢？

所谓装修别墅的烦恼，你的保姆说得一点也没错，你是在做无用功。你就是想找点让自己发泄"精力"，还能"有价值"的事情，好逃避单调枯燥。

遗憾的是，你找错发泄对象了，瞎折腾打扫卫生去了。

世界上有很多有意义、有价值，并且可以利用业余时间去做的事。哪怕不是立马见效的工作。开个网店只是一个小小的可选项。

但是我还是得说，人不能停止学习。有意思、有价值的事情，都是从学习中发现的。时间用在哪里，看一个人的表现就知道了。

你看，你的来信说了很多很多，我却连你受的教育程度是什么样的，你能够接触的朋友圈是什么样的都不知道，因为你根本就没提到。我只能默认为，你不想提及，你觉得那些也不值得提及。

你都完全忽略掉自身了，你找不到自我，看不见自己真实的处境，也看不见自己内心的需求。

所以这就需要你自己好好去想了。自己还有什么一技之长？学什么东西有兴趣，同时以后还能提升职业能力呢？朋友圈里，谁的工作比较有意思，再忙总能请她吃顿饭，了解一下当下的职场风向。

尤其是花点钱，请一请不同领域行业圈子的新鲜朋友，一周几个小时聚一聚，也是增加人脉、扩展眼界的好办法。你原来的朋友忙，但那是小圈子的。更大的圈子里，有无限选择。这其实是非常必要的自我提升成本。一件名牌衣服的钱，足够你组织一个有趣、有质量的饭局。一套高档化妆品的钱，也足够你买很多好书，分享给他人，建立起诚恳有意义的友谊。

如果你这些都做不到，那就自己多阅读，用来给孩子讲讲故事，一起增加点知识。这同时也是提高语言沟通、情感交流的好事情。言传身教挺重要的，你自己都不会，家教就没法教的。如果你连这个都要请家庭教师，自己在一边无所事事逛街吃饭，那你自己已经放弃了打开自己的渠道，就不可能有好的转变。

梦醒亦好事

来信：

　　我叫小泳，是今年刚毕业的应届生。现在在中山实习，遇到些心中困惑，不知如何解决。在学校我喜欢跟别人交往、聊天。但自从我出来工作后，生活过得一天不如一天。每天心情很糟糕。我不太喜欢自己本专业的工作，可是学校又要求我们得从事本专业工作一年的时间。在进入公司后，我们的经理很势力，不能一视同仁。我每天都做着枯燥繁杂的工作，而我朋友却时刻被他重用。这让我的自信心受到了打击，再加上其他同事的抢生意行为让我逐渐陷入了窘境。我每天无所事事不知在做什么，提出的意见经理也不采纳，说我总是反驳他。我是个说话比较忠直的人，而且聊天的话题少。同事们也不喜欢我，我想我是否该换个环境重新开始，可是自己对于未来很迷茫，不敢改变现状，这让我很困惑。

回复：

在我读到的成千上万的读者来信当中，一般来说，凡是提到自己说话比较直的人，直接可以默认为，这个人发生了认知偏差。

你并不是毕业实习后变得不善交际的，而是你从来就不擅长交际。

为什么在学校里面，你喜欢跟别人交往、聊天，别人也不讨厌你呢？真相可能简单直白到你自己无法接受。因为你的同学，跟你没有实际的利益关系。

人的天性就是趋利避害，怕麻烦。当你在喋喋不休、扬扬得意、口齿伶俐，动不动笑话这个、反驳那个的时候，你的同学们心里的想法是："干吗要得罪这个家伙呢？""你说得都对。""你说得好好笑，哈哈哈哈哈！""很好，很棒，很赞。我去打游戏了。""我去吃饭了，回头聊。"

如果不同意你的看法，想反驳你，还得解释老半天，多累啊！干脆轻轻松松的，大家都开心。这其实就是对你的客套和敷衍，但你却误以为自己很擅长交际。

毕业后开始实习，你的同事们跟你有着切身的真实利益冲突，大家要抢生意，彼此竞争，为什么要让着你？

我们判断一个人是真心的还是虚假的，不是看他怎么说，而是看他怎么做。

我给你举一个最简单的例子，你觉得自己有一个很棒的创意，你去找一群朋友，让他们提提意见，绝大部分人都会说：还不错，挺好的呀！你很有想法！可能有点小问题，但是你去试试看嘛！等等。

但如果你提出，让朋友们投资一点钱给你，一起来做这个项目，这个时候真心话就来了，各种苛刻的挑剔，严厉的批评也随之而来。因为拿钱出来投资，是动真格。

至于你的上司，更加没有必要捧着你，哄着你。除非你是有硬背景的关系户。

你的经理不能一视同仁，这简直再正确不过了。上级对下属的要求就是能不能做事，听不听话。他既不是圣母玛利亚，也不是做慈善的，为什么要一视同仁呢？

在职业场所当中，本来就是优秀的人更受欢迎，有能力的人更加获得偏爱，能给公司赚钱的人，老板都会把他当成宝贝。

你的自信心受到了打击，陷入了窘境，其实是一件天大的好事，这就叫梦醒时分。

梦醒了以后，你就不会再像一个巨大的婴儿一样，希望你的上司像妈妈一样无条件宠爱你，也不会再希望你的同事们还像同学们那样虚伪友善了。

你要像一个勇敢的斗士一样，自己给自己去争得体面，争取尊严。坐着不动，无所事事，等着别人来呵护自己的人，当不了英雄好汉，也成不了新时代独立强大的女性。

退行的反省

来信：

　　我是一名大三的学生，这是我大三的第二个学期。不知道为什么，我特别抗拒这次开学。也许是因为在假期里看到了身边的同龄人一个个地都去工作，有的甚至踏入了婚姻的殿堂。寒假期间，我生平第一次参加同学的婚礼，不得不说是很触动的，看到老朋友挽着老公的手缓缓走来，我的心里感动得一塌糊涂。

　　好像扯远了……说回正题吧，简而言之作为一名大学生的我，在开学的第三天就产生了严重的厌学情绪，脑海中总是浮现在家生活的安逸情景。我不是恋家，只是觉得家里有我想要的归属感和温暖，而学校没有。

　　性格胆小软弱且从小就十分内向的我，在宿舍与舍友不合，虽有男朋友，却完全不知道该怎么样跟他相处。我抗拒与亲人以外的人亲近，有时候我连爸妈都会拒之门外。我渴望温暖和自由，希望有自己独立的空间，稳定的生活。我不喜欢读书，以前高三时拼命学习只是为了考大学。现在我没有目标，虽有兴趣爱好却完全不知道该如何施展。总之，我觉得自己就像个废人。我好想逃回家，抗拒回学校，回宿舍，去上课，抗拒一切与人的接触。我到底怎么了？！

回复：

你这种表现我有一个心理学术语可以形容，叫作退行。在动物禽鸟界，按照自然规律，常见的情况是雏鸟翅膀已经长硬了，离开了鸟巢，不需要再依赖雌鸟母亲的养育。大猫生下了小猫，长到一定阶段，就会主动把小猫赶走，让小猫自谋生路。

人类就比较好玩了。可能会发生这种奇怪的现象，孩子明明已经是成年人，还喜欢待在家里，享受父母的呵护关爱！父母明明知道孩子已经是成年人了，还喜欢孩子赖在家里，满足自己空虚寂寞需要人陪的需求。

就你来说，读了三年大学，仍然还没有断奶。大学还剩下最后一年，你看着你的同学，有的去工作了，有的已经步入婚姻了。这个时候你心里慌了，受到刺激了呢！

从中学到大学，谈不上真正彻底的独立自主。大学毕业对于很多人来说才是真正地告别校园，从此以后就要丢在社会上摸爬滚打了，就要独自去闯荡了。这个时候父母并不是不想照顾你，而是他们能力有限，没法照顾你。

你的来信同样充满了矛盾，你像个小动物一样想回到家里，温暖安逸，有父母遮风挡雨，却要自欺欺人，说什么渴望自由。

这么大的人了，还想要家里的归属感和温暖，这就是恋家，这就是没断奶。

大学生涯几乎是人生当中最为轻松的一个阶段，你却还厌学，这个黑锅，大学不背。

父母可以帮忙安排工作固然很快乐、很舒服，经济条件好的父母也许可以养你一辈子，那我也就不多说了。如果你的父母没有那么强大的经济实力，当他们一天天衰老下去，慢慢地没有能力再给你归属感和足够的温暖，反而需要你来照顾、给他们安全感的时候，你怎么办呢？

有一些不好的文化传统，会纵容和鼓励女生内向柔弱。其实不分男女都应该从内心深处自立自强。

你的同学们都在纷纷努力成为大人，你却很想成为一个小孩子，从学校逃跑回到家里，躲进父母的怀抱。

没有人是天生就强大的，我们只是为了所爱的人，努力让自己变得强大。

还有一个很常见的误解，我需要跟你强调一下。我见过太多把人的社会化过程妖魔化的伎俩。说得通俗一点，一个人主动跟别人交际，就会被说成八面玲珑；一个人敢于主动站起来表达自己的态度和意见，就会被说成爱出风头；一个人积极主动地跟别人搭讪，沟通工作谈事情，就会被说成爱拉关系。

其实吧，我作为一个已经成名的社会名流，接触了太多成功人士。我实打实告诉你，很多人都是自己给自己鼓劲，为了家人和爱人，厚着脸皮闯荡江湖，勇往直前地跟人打交道，最终有所成就。当他们放松下来，可以躲起来休息的时候，同样不愿意跟人打交道接触。只不过他们通过努力，攒够资本，让自己拥有一个人独处的空间。

别把他人想得那么可怕，那么恐怖。好女孩同样可以走四方，交很多的朋友。你对大学毕业的恐惧，就像小孩子看到小溪流，都觉得水很深。其实你已经是个大人了，啪嗒啪嗒迈两脚就踩过去了。

你用完整的心，才能换回另一颗完整的心

来信：

我是个性格外向的女孩，认识的朋友很多。在学校里我算是比较漂亮。两年前，我认识了第一个男朋友，我们的感情一直不错。我就叫他东。

前不久，我又认识了一个不错的男孩石，石的长相啊，还有家境都比东好。并且，石对我展开了猛烈的追求。开始我并没有答应，只是约好了做朋友，但是，石的追求那么持久，我渐渐迷上了他的痴情的眼神和好看的样子。我把这件事情和东说了，却没想到东却不介意，说你自己选择就好。我觉得一下子轻松了，很开心。东都不介意，那就是说，我没有对不起任何人，现在，我有时候和东出去逛街，手牵手；有时候和石出去，还一起在他租的房子里做饭吃。和他们当中任何一个人在一起，我都有情侣的感觉。

两个男孩都知道彼此的存在，我们却和平相处了一年。

我很满意这样的情况，可是，我总是担心，这样的美好日子，会不会哪一天忽然消失。

小妍

答复：

先从男生的角度来看，要我说，第一个男朋友东，追求的只是恋爱的过程，并不追求结果。或者说，他害怕承担结果。所以，他根本没想过单独的、一对一地和你谈恋爱。石的出现，对他来说，不是情敌，而是多了一个退路。以后要分手，就可以把你推给别人。

这种心态我有些了解。很多男生其实不介意谈多次恋爱的。所以呢，谈着一个，实际上心里还预备着以后开始新的一个。因此，对现在这个不怎么计较。

大学里的恋爱，有多少是从一而终的呢？有多少是奔赴着一恋爱，将来就要结婚，永远在一起的呢？

多数男生和部分女生，把大学当成了"练爱场"。

说到这里，有的读者肯定会纳闷，那他不觉得这样很浪费钱和时间吗？其实，他还不是得到了他想要的，比如和女生亲热，有女生陪，以及证明自己不是可怜的单身。各取所需。所以，才能够相安无事。一些人总是以为还会有更加适合自己的，更加漂亮的或者优秀的人到来，所以，就不把心里放满一个人的影子，而是空着一个席位，随时欢迎新的异性加盟。

在这样的心理下，东不介意你的做法，石也不介意你和前男朋友继续关系的同时，还跟自己走到一起。石的心态，只怕和东比较相似。

也是在同样的心理下，你已经有了一个男朋友，不截断关系，就开始新的关系。在这个漫长的考验期里，看着两个男生，悠悠地游戏在两个人之间，享受双倍的呵护与关爱。何等优游啊！

人总是觉得那个还没有等到的人是最好的，因而不珍惜身边已经得到的人，就与身边的人将就着谈着，无所谓身边的人又和别人好上了。

来信里，不就提到石比东相貌好看，家境也好吗？可是，我们究竟是为了恋爱而恋爱，还是为了外在的条件好而恋爱呢？

我再试着从女生角度来假设分析：

其实，从这三个人含糊的关系里，还有以下两种情况，即东和石这两个男生，不是非常聪明的人，就是两个笨蛋。

第一种情况，两个男生其实都很聪明，只不过是在含蓄地温柔地较量着，采取的是润物无声的争夺。虽然彼此没有明目张胆地虎视眈眈，但是背地里，各自看谁对你更加好，看谁最终获得你的芳心。公平竞争嘛。

另外一种情况，就是两个笨蛋的较量赛。他们集体营造出一个假象，两个人可以和睦相处。既然不是"有我没他，有他没我"，你就乐得当那个幸福的女孩，不再去做选择了。

前一种情况，是很正常的，充分体现出男生的绅士风度。后一种情况，对三个人都不好，因为造成了巨大的误会。而两个男生呢，只会越来越小心翼翼，怕将来你因为选择而头疼。

在男生角度里，我说过，三个人都是有保留地在交往。可是，我太了解女孩子的心理了，也许男孩子可以做到有保留，但是，女生很难做到。女生面对感情的时候，投入的总是比男生多一些。这种关系最好还是提前结束。也许男生可以玩得起这种游戏，但是女生玩不起。

并且，我还有一个非常深重的忧虑。当你沉浸在心满意足地左右拥抱时，你在两个男生心里会是什么样的形象呢？在他们男生的眼里，你已经变成了一个什么样的女孩子呢？我觉得你应该想想这个问题。也许东和石都因此认定了你是个随便花心的女孩，因此，他们都放弃了全心去爱你。

现在得到多少快乐，将来就会得到多少失落的痛苦。这种三人游戏的下场，不是得到一个，就是全部失去。

如果把男女之间的关系比喻成舞蹈，那我们会发现，其实有很多种跳法。不光是双人，还有三个人的。

在这个年代，成长似乎变得缓慢了。虽然已经大三了，虽然东、石，以及小妍，年纪超过了二十岁，可是，他们的心理呢，还停留在那个过家家的童年。让我们仔细回想一下小时候，小女孩跟这个男生玩，也跟那个男生玩。跟这个男生吃饭做游戏，也跟那个男生逛街牵手。相安无事。

很美好是不是？

三个人手拉手的感觉很良好是不是？只是纯粹的相处，在一起就是在一起。不谈责任，不问将来，不求结果。

可惜，那不是恋爱。那只是小女生和小男生们，在一起过家家。

这种情况，只有在良好的外部环境下，以及缓慢的内心成长情况下，才会发生。

你看，新生代的孩子都有着不愿意长大的心理。把自己当长不大的孩子，就可以顺理成章享受一个女生、两个男生之间的和睦相处；你看，在大学这样的相对安逸、纯洁的氛围里，不会接触到外界的压力，也躲避开责任的承担，毕业时候多半要分手的呢，更加不用考虑赚多少钱来维持家庭，可以专心地玩游戏。

如果他们三个人可以永远停留在这样的心态上，那么，三个人做一组男女朋友，也没什么不好。可是别忘记了，再缓慢的成长，仍然是在进行着。

日子久了，毕业也要来临，还要找工作了，心要寻找安定了，对家庭产生渴望，想要归宿了，有了现实利益的权衡了，对另外一个人发生了真正的男女之间的情感，想要独占，以及酝酿开花结果的爱情。这些都会产生冲击的力量，打破这样的危险而脆弱的"三人行"关系。到时候，该怎么交代呢？东是个好男孩，石也不差，该取谁舍谁呢？

这就是小妍怎么逃避，怎么假装不存在，却仍然顽固地埋藏在他们三个人中间的荆棘。尽管在大学这样一个单纯的环境里，那种快乐接近水晶一样透明的蓝。但是，成长总归是需要付出代价的。水晶也因为时光流逝，颜色深邃、厚重，更加蕴藏情怀，与此同时，我们必须学会放弃自己不应该勉强的东西。

三个人，始终是跳不好爱的圆舞的。

三个人可以跳好的，只是异性之间的暧昧之舞。带着小欢喜，小惬意，小甜蜜。因为谁都没有全身心投入到一个人身上，都只是拿出自己的一部分心意感情。

任何一个人，成长起来，成熟了，就会多了额外的心事，步子快一点或者慢一点，就会踩到其他人的脚。舞步就会连锁反应，都凌乱了，不再是浑然安全的圆舞了。计较、争执、吃醋，统统都会发生。最终，就是不愉快的，各自伤痕累累的散场结局。

当然，还有另外一种截然相反的结局，那就是好聚好散，谁也不动真感情。既然只是游戏一场，那就一拍三散。这种情况的概率，小得可怜。因为，当小妍担忧起这种情况的时候，说明她已经开始计较，谁对自己更加爱，自己更加爱谁。她只有一个人，一个心。她已经开始面临着成长的最大挑战。

成长与真正恋爱最大的原则，便是只有拿一颗完整的心，才能够交换回一颗完整的心。

问世间情为何物

最近看到一个科普消息，说"长寿可能跟节食限制摄入热量有关"。总之，瘦子再次被赞美，胖子再次被焦虑。虽然这事至今没有什么靠谱的人类研究依据，因为那些实验都是在动物身上做的，距离真正的科学结论诞生，还早得很。

贪恋美食，是现代人无法根治的顽疾。味觉嗅觉的刺激，令我们飘飘欲仙，无法自拔。

我小时候，常常看某个报纸的副刊介绍生活美食家常菜。其中有一道菜名叫泥鳅钻豆腐。鲜豆腐放入冷水锅，泥鳅已经养了几天，排干净了肚子里的污秽。加热水，活泥鳅放进去，它们怕热便会往豆腐里钻。两者融合一体，鲜美无比。我就真的照着食谱自己做了一次，结果并不好吃。

后来，换我母亲重新给我做，顿时就好吃了。她的秘诀依然简单直白，里面加了味精和白胡椒粉，又补了一勺盐，煮汤前葱姜蒜爆香再加水。

　　我的母亲，曾是个厨艺很不错的家庭主妇。虽然她做的菜味道好，但我每每嫌她做菜太油腻。做鲫鱼汤的招数就是她教我的，姜和鲫鱼一定要先油炸，才能炖出浓郁雪白的汤，味道才鲜甜无比。

　　眼看着人生腰粗难消瘦，我每每长叹："娘啊，少搁点油吧！"母亲幽幽然答复我一句："有油盐可以吃百草。没油，青菜都不好吃，跟枯草似的。"

　　"会胖。"我负隅顽抗。

　　她每次都笑道："我放的油，是素油植物油。哪有外面餐馆放的油多？再说了，你知道外面的菜为什么好吃吗？那都是放了猪油的。更加容易胖人。"

　　我无言以对。

　　以前我还不信，直到我看一个美食节目，出镜的是一家香港老牌奶茶店店主，他自己揭秘，自家的奶茶之所以滴滴香浓，丝滑如绸缎，是因为选用上好的茶叶，丝袜过滤茶渣，加入鲜奶，最后，再滴入一两滴猪油。

　　还有一次饭局，碰到星级大饭店的厨子，我向他求证。他嘿嘿笑着承认，猪油那可是厨师的法宝啊！

　　啊，原来真的是猪油。

　　自从知道了许多食物的美味都是靠猪油撑场子，我就跟看破了魔术师的把戏一样，格外索然，不再为此惊喜赞叹。蛋挞好吃，难免猪油；奶茶好喝，还是猪油；炒饭更香，牛油猪油；就连以前很爱吃的清炒蔬菜，也有猪油。

一想起吃下去又胖一点，味蕾跟理性交战，人类何其矛盾。

忘记在哪本书看到的民间故事，说是从前没有冷藏运输的年代，有种鲜美的河鲜，是用猪油凝固封藏住鱼鲜，然后长途运到有钱人的家里的。吃的时候整体加热，取出的鱼的味道能保存八九成，供有钱人在餐桌上大快朵颐。

世上的油盐，令人吃饭有滋味。如今，国人却又为油盐多了而烦恼。其实这烦恼也不光属于中国人，发达国家里一大堆超重胖子，那牛肉，那芝士，那香肠，那金灿灿的炸鸡排，那蛋糕甜点里堆积如山的糖和黄油，吓死人。

为什么有些餐厅的炸薯条格外好吃、格外香，因为烹炸的油里又加了牛油。牛油之于外国人，好比猪油之于中国人。

至于盐和糖，中外都超标。越刺激大，越吸引人。我去武汉剧场看戏，路过两家并列开门的店。一家是炸鸡店，油污横墙，老板邋遢，烟熏火燎，但是门庭若市，还有人在排队。另一家清新明亮，干净雪白，海报上还有健康的字样，然而门可罗雀。

原因很简单，前者油炸串串和鸡排，后者主营蔬菜沙拉三明治。人人都知道要健康饮食，但脚却走向"三高"美味。

人这种灵长类高级动物，很不容易登上食物链顶端，却又限于肉身的极限，没法大吃大喝高油盐。

吃素的瘦人，尤其要注意控盐。我奶奶是心肌梗死突发走的。她人特别瘦，但有高血压，平时又特别喜欢吃很咸的菜。他们那一代人历尽艰苦，从小腊鱼、腊肉、腌菜吃着长大的，养成了重口味。

我从幼年到三十多岁，中间有十来年吃着奶奶做的饭菜，每每我觉得咸过头，心里发慌，问她老人家，她都没有感觉。平时虽然劝说，她还是难以克制自己。加上人老了味觉迟钝，她常常觉得嘴里没味。

寺院里的大和尚也存在这种情况，他们有些人照戒律吃素。但是义工做的口味太淡吃不下饭，就自己再加调料。我有一回到江西的云居山真如禅寺旅游，中午过堂（吃饭），大和尚们先吃完离开，我慢悠悠随便找了个座位，就看见抽屉里摆了几罐子辣椒酱和橄榄菜。看来，没有味觉的刺激，出家人也难以下饭。

我是个作家，已经属于非常追求精神享受的人。别人只是读书，我不仅读书还写书，自问精神生活非常丰富，仍然无法摆脱食物带来的快乐诱惑。

是回到食物的本味，节食减肥，健康长寿第一？还是尽情饕餮，先享受了再说？这个问题，堪称 21 世纪的莎士比亚之问。写这篇短文时，我不知不觉吃掉了两个橘子、一份烤肠，再加上昨天在吉庆街买的云集斋素肉。答案在深夜徘徊，真相呼之欲出。问世间情为何物，直教人宵夜相许。

所有拿来比较的，都是我原本生活的城市。

以为是双城记，原来是对照记。心心念念的全是武汉。

你看，一个人要理解自己，认识自己，真的不容易。

曾经我以为我是喜欢旅行，其实，所有的旅行只是让你更想家，

让你意识到，喜欢和爱的差别。

喜欢是喜欢那些优点，而爱和家，是你各种挑剔却只想赶回去的地方。

第四章

所有的旅行
只是让你
更想家

金庸笔下谁最深情

一

令狐冲活在现实生活中，一定会被开除男籍。对这个人稍微深入了解便会发现，什么？他居然不迷恋权力？

再进一步打交道，什么？他怎么连金钱都不爱？还是不是男人？

这世界上哪有不爱权力和金钱的男人？

好吧，金钱、权力都不喜欢，难道他喜欢游戏于女人之间？

很遗憾，也不是。他谈情说爱，特别享受爱的感觉。他跟这个世界格格不入，不像个男人。男性法则是"大丈夫何患无妻"，"男子汉大丈夫怎么能婆婆妈妈，不顾大局，只为了儿女私情"。

别的男人来到世间，从头到脚，每个毛孔都在嚷嚷：我要我要我要，更多的权，更多的钱，更多的女人。全情投入，至死不休。

只有他令狐冲顶着个浪子的空头衔，到最终和任盈盈成婚之前，还是个处男。

他在不爱的女人面前都很轻佻，小尼姑仪琳可以调戏；发现绿竹林的婆婆是个美貌妹子，也可以调戏。唯独在他爱的小师妹面前，柔肠百转，脆弱含泪。

他从不隐瞒他对小师妹的爱，这一点无人不知，无人不晓。对着小师妹，像猫完全袒露肚皮。

师父召唤他重返华山派，他立刻欣喜若狂，神魂颠倒，马上就要跪下。

二

令狐冲跟杨过不一样。杨过是不知道自己到底更爱谁，不到最要紧的关头，没办法真相大白，水落石出。令狐冲是只爱小师妹。

令狐冲最喜欢干的事情就是喝酒，很豪迈，像个成年汉子一样。他也喜欢锄强扶弱，行侠仗义，跟采花大盗田伯光畅谈风流史，在妓院里被发现跟魔教人士勾搭往来，被江湖谣言诋毁得臭名昭著。

但是他的演技太拙劣，始终掩盖不了一个事实，他只是个内心柔软的小男孩。

不潇洒的人，最爱装潇洒。

令狐冲心中，住着一个贾宝玉，不在乎富贵权力，不搭理仕途经济，爱情至上。

金庸把这个男人写得这么深情，无比凄凉。想读懂令狐冲，就必须看看《红楼梦》。

贾宝玉在有些地方跟令狐冲很像。他们共同追求一件东西——自由的恋爱。

然而，只可惜历来看"三国""水浒"的男人多，读《红楼梦》的男人少。

《红楼梦》其实是一本满纸都是爱情的政治小说，就像《笑傲江湖》是一部全篇都在影射政治的爱情小说。

令狐冲这么个无父无母的孤儿，最缺乏的就是爱。这就是他的出厂设置，他的人生"原罪"，他的情感基石。

岳不群、宁中则这对夫妇是养父母，负责提供父母爱。小师妹岳灵珊负责提供情窦初开的初恋，青梅竹马，少男少女的你侬我侬。华山派的师弟们负责提供兄弟情，其中最要好的是陆大有。

命运面带微笑，把这些他最缺的，他本来没有的，全部给了他。

然后，又一样一样收回去，一个不漏。

令狐冲最挂念、最在乎的人，统统都死了。

三

除了情感是令狐冲主动渴求的，其他事情，都是被动的，也不是他想要的。

帮曲长老是因为良知，护送仪琳是出于道义。

救任我行是被向问天利用了。当尼姑们的头儿是完成托付，令狐冲出于善良，勉为其难，也做了。

方正冲虚约他力抗魔教，大家都在捍卫正义事业，他也无非一死献身。令狐冲这样的男人，只觉得权力金钱如此无趣，什么"千秋万载，一统江湖"都是狗屁。

唯有爱是不朽的。

性的本质是繁衍，权力的本质是自我的无限扩张，万物皆备于我。金钱的本质是交换，是为权力服务的工具。而爱情的本质，是内心的圆满。

心里面有黑洞的人，需要被填满；心里面满溢爱的人，需要去填满别人的黑洞。心里面都有黑洞的，那就彼此填满对方；两个心里都满溢爱的人，永远走不到一起。

爱情是专属于人类的高级游戏，爱情的魅力在于真爱必然是你自己的感觉，无从勉强；爱情的悲剧在于，人来人往，总有竞争对手。

令狐冲内心有情感的黑洞，小师妹父母双全，天之骄女，有满溢的爱，本来是很匹配的一对，但小师妹却去填补林平之了。

岳灵珊先后遇到两个男人，这俩人的黑洞相比较起来，林平之的内心黑洞更庞大。林平之原本是富家子弟，相貌俊美，春风得意，一夜之间惨遭灭门，忍辱偷生。仇深似海恨难消，为了复仇，下定决心自宫练辟邪剑法。这比生来孤儿的令狐冲，悲惨一万倍。他不仅不是男人了，身体也残缺不全了。心理扭曲的可怜男人，尤其能激发女人的爱惜，对女人有致命的吸引力。

令狐冲遇上圣姑任盈盈，是因为心中烦闷，小师妹移情别恋，跟林平之走近，跟他疏远了。他不在乎重伤垂死，只在乎一吐相思苦闷。令狐冲陷入失恋的悲伤，不能自拔。

隔着帘幕，任盈盈客串了一把心理咨询师，令狐冲当了一把咨客，倾诉自己的刻骨铭心。任盈盈内心有黑洞，母亲早逝，父亲被东方不败设计关在西湖底下。她享有象征性的权力，却无心使用权力。

这场咨询费用极其昂贵，不要钱，要令狐冲的心。

心已经给了小师妹，怎么办？

四

任盈盈就是在绿竹林意外客串心理咨询师的时候，爱上了令狐冲。

日月神教的任大小姐为救他舍身，此时的他已经被逐出师门，是一条地地道道的丧家犬。

令狐冲孑然一身，无依无靠，心属于岳灵珊，拿什么回报任盈盈？也只有将此一身，还她的一片情义了。

他可以在任何时候想起小师妹，就像贾宝玉在任何时候都能想起林妹妹。

摘一段小说原文："突然之间，四下里万籁无声。少林寺寺内寺外聚集豪士数千之众，少室山自山腰以至山脚，正教中人至少也有二三千人，竟不约而同地谁都没有出声，便有人想说话的，也为这寂静的气氛所慑，话到嘴边都缩了回去。"

这个时候，似乎只听到雪花落在树叶和丛草之上，发出轻柔异常的声音。令狐冲心中忽想："小师妹这时候不知在干什么？"

整本小说都在讲述阴谋诡计，争权夺势，可是到这儿忽然让人走神了。

他有贾宝玉的心，却没有贾宝玉的命。小师妹不是林妹妹，只爱贾宝玉，小师妹岳灵珊转头就爱上林平之。哪怕死在林平之手里，临终也要求令狐冲照顾林平之，还低声哼唱起林平之教她的福建山歌。

岳灵珊最后死掉了，小说里是简简单单的一句："令狐冲心中一沉，似乎整个世界忽然间都死了，想要放声大哭，却又哭不出来。"

最最要命的还不是这一句，而是令狐冲清醒后吐出的真言。

任盈盈安慰令狐冲："如果你不是从小和她一块儿长大，多半她一见你之后，便会喜欢你的。"

令狐冲沉思半晌，摇了摇头，道："不会的。小师妹崇仰我师父，她喜欢的男子，要像她爹爹那样端庄严肃，沉默寡言。我只是她的游伴，她从来……从来不尊重我。"

原来，情为何物，他什么都明白。

世上最遥远的距离，是你我曾携手同游，你也知道我喜欢你，可你最终还是去喜欢别人了。你还死于非命……可是没关系，我始终不会对你忘情。

令狐冲的痴情和眼泪，遭遇毁灭性打击。

小说看到这里的时候，我以为已经写到极致。

金庸又补了一把三十三米长的刀。

任盈盈选了个有山有水、鸟语花香、翠林遍布的清幽地方，安葬了岳灵珊。

令狐冲道："好极了。小师妹独个在这荒野之地，她就算是鬼，也很胆小的。"

情之所至，生死也无所谓了。那就"以死当生"吧，你虽然死了，我还是把你当成活着一样去爱。纵然阴阳相隔，也不能阻止令狐冲继续爱着岳灵珊。

任盈盈唯有暗自叹息。

五

所以，金庸小说里的第一情圣，只能是令狐冲。

跟杨过比？杨过先得搞清楚自己的心。

韦小宝就算了，七个老婆这笔账算不清。

张无忌的态度特遭女人恨，四美同舟，何其纠结？赵敏和周芷若二女夺夫，阴魂不散。段誉更加出局，金老爷子大笔一挥，最近的修订版结局都改了，王语嫣又回到妹妹的位置。

乔峰失去阿朱，死于民族调和。黄蓉、郭靖恩爱夫妻，同生共死，也是求仁得仁。

细致入微，催人泪下的，是令狐冲。好比贾宝玉在林妹妹死后，娶了薛宝钗。薛宝钗很好，可是"纵然齐眉举案，到底意难平"。

跟任盈盈的婚后生活，我想令狐冲他会很配合。退出江湖，不问人间事的日子，总还是有一缕温馨，一番夫妻恩情。你弹琴，我吹箫。

直到两鬓斑白，直到儿女双全，直到某个夜里，万籁俱寂，他忽然从梦中醒来。

梦里，是怦然心动的少年事，华山派的天气特别晴朗，他和青梅竹马的小师妹，又练起了冲灵剑法，近距离看着岳灵珊的眉目，心甜意洽。

师父岳不群吹胡子瞪眼，板着脸惩罚他，要他上思过崖面壁思过。而他却转过脸吐舌头，师娘走过来笑语亲切，摩挲着他的头。其他的师弟们在一旁窃窃偷笑，陆猴儿早就准备了一坛美酒。

醒来，万事皆空。问谁人能笑傲江湖？

该报答的，报答了。要偿还的，偿还了。恰似《红楼梦》里，贾宝玉飘然一身，剃了头发，脸上似悲似喜，拜别了他的父亲，雪地里穿着红袈裟消失了。

而此刻，春满花枝，天晴月圆。

令狐冲心头无喜亦无悲。

只因他在说出"好极了"那句之后，就已经死去。

问世间情为何物，令狐冲最明白。

佳偶与怨偶

那一年，李安凭借《少年派的奇幻漂流》再次拿到奥斯卡金像奖的最佳导演奖，他和太太的多年相守，也惹人议论纷纷。

有人说："很多女人都说找老公要找李安这样的。可是你知道吗，好老公不是找的，是女人培养出来的。当年李安刚毕业时，待在家里写剧本，他妻子养了他七年多，不仅没有抛弃他，还一直鼓励他坚持下去。试问现在的女人能做到吗？"

还有人说："现今好多男人唏嘘李安有这么好的太太，然后百般嫌弃现今的身边人，好似他们今天的不成功是因为没找到个李安太太，却也不曾想自己是不是李安，有没有那样坚持理想。"

"李安只是个孤独的例子，哪有那么多李安？"

这就是最深的真相和最后的答案，不管是第一种说法，还是第二种说法，这两种人，不管是男人女人，凭空想象都可以看见嘴角扯动的讽嘲和尖酸刻薄。

因为有这两种说法的人，其实是一种人，秉持的其实是一种价值观和态度：有问题，就是其中一方面的问题，不关自己的事情，永远冷嘲热讽，永远打击报复。世间的怨偶都一样，佳偶的确只是难得的孤例。

真实是，李安的太太林惠嘉说过："安，记得你心里的梦。"也曾经打越洋电话向母亲哭诉想离婚："我怎么可以变成这样的女人。"

李安那么低落不得志时，自暴自弃打算去找别的工作，也万念俱灰过。林惠嘉绝望的时候，也想过离婚。

李安拍的电影基本上全是内心纠结、矛盾、狂暴的，最后选择表面上的温和与妥协，直到《少年派的奇幻漂流》都是如此。得奖的快乐，只是对漫长苦闷的短暂奖赏，所以笑得格外畅快开心。

当爱情跑步进入了教堂，有了婚姻，故事翻开新的序章。温暖携手只属于走到最后仍然彼此扶持，不属于相互胁持折磨的人。任何一个人单方面都做不成佳偶。佳偶这种状态，也不全是贯穿整个阶段，往往多是出现在中老年。

拿着再大的放大镜去检点他们的人生，其实还是老话，他们也不过是恒久忍耐和心有恩慈。忍不下去，又做不到有恩慈的，那就只能尽量放下吧。

李安和林惠嘉这两个人，只不过勉力做到了自己的名字，一个安忍了，一个苦守贤惠，嘉许先生去为梦想坚持。安徒生写过一个故事，"老头子永远是对的"，不过那是童话。

圣经说："爱是恒久忍耐又有恩慈。"但这句话，是走到一起的两个人，各自用来要求自己的。佳偶本质上，也有着内在一致的做法和价值观。怨偶手指对方，佳偶则摸着自己的胸口。当彼此都收回手指，怨念自然成为佳话。

可爱的鲁迅

说鲁迅可爱，这不是我的发明，是郁达夫用过的形容词。

郁达夫写他第一次见到鲁迅："他的脸色很青……他的绍兴口音，比一般绍兴人所发的来得柔和，笑声非常之清脆，而笑时眼角上的几条小皱纹，却很是可爱。"

那个年代，很多跟鲁迅打过交道的人都写过鲁迅。我看过很多人纪念鲁迅的文章，倒是第一次看到用"可爱"这个词形容鲁迅的小皱纹的，所以印象特别深刻。

事实上，鲁迅真的挺可爱的。用今天的话说，鲁迅不装、坦诚、不喜欢摆架子，特别敢于流露出自己的"俗气"。

别的作家也谈稿费，但鲁迅给风雅算了算账。如果想过上陶渊明那样的采菊生活，"要租一所院子里有点竹篱，可以种菊的房子，租钱就每月总得一百两，水电在外；巡捕捐……等于一百五十九元六。近来的文稿又不值钱，每千字最低的只有四五角，因为是学陶渊明的雅人的稿子，现在算他每千字三大元罢，但标点，洋文，空白除外。那么，单单为了采菊，他就得每月译作净五万三千二百字。"

我总是遇到好奇的人，问我作家是怎么生活的。其实他们要是读了鲁迅，就不会困惑了。

我当年刚刚买了新房子，特别勤奋写稿，为了赚钱装修房子，边写边感叹，写了一千字就感叹一句："好了，我的马桶有了。"再写一千字，又感叹一句："床也有了。"

你看，天底下的作家其实差不多！近代最有名的鲁迅也不例外。鲁迅在《病后杂谈》里算了下风雅账之后，继续天马行空地胡思乱想，"因为随手翻了一通《世说新语》……千不该万不该的竟从养病想到养病费上去了，于是一骨碌爬起来，写信讨版税，催稿费。写完之后，觉得和魏晋人有点隔膜，自己想，假使此刻有阮嗣宗或陶渊明在面前出现，我们也一定谈不来的。"

于是鲁迅自嘲起来——"所以我恐怕只好自己承认'俗'"。

讨版税，催稿费，到现在还是很多作家的家常便饭，都不例外。谁不是俗人呢？鲁迅俗得可爱。

就连而今泛滥的"丧"文化，哎，也不如鲁迅表达的准确。鲁迅在《题未定草》里说："读者是种种不同的，有的爱读《江赋》和《海赋》，有的欣赏《小园》或《枯树》。后者是徘徊于有无生灭之间的文人，对于人生，既惮扰攘，又怕离去，懒于求生，又不乐死，实有太板，寂绝又太空，疲倦得要休息，而休息又太凄凉，所以又必须有一种抚慰。"

说实在话，我觉得自己被这段话一剑命中。当时我就发了个朋友圈，这分明说的就是我这种文人啊！我这种悲观主义者，长年累月就是鲁迅说的这种状态。叹息寂寞，又嫌无聊。渴望三三两两朋友相聚，又觉得吵闹。所以我喜欢读书写作，从中得到抚慰。

现在流行的食物相克问题鲁迅也关注过，"记得中国的医书中，常常记载着食忌，就是说，某两种食物同食，是于人有害，或者足以杀人的，例如葱与蜜，蟹与柿子，落花生与王瓜之类。但是否真实，却无从知道，因为我从未听见有人实验过。"

这话，非常有科学实证的精神。

对于中医药，我是觉得药草值得研究，中国的诺贝尔医学奖得主屠呦呦不就是用现代科研实验手段找到药草里的提取物吗！

鲁迅在《南腔北调集·作文秘诀》里说："现在还常有骈四俪六，典丽堂皇的祭文、挽联、宣言、通电，我们倘去查字典，翻类书，剥去它外面的装饰，翻成白话文，试看那剩下的是怎样的东西呵！？"

如今都 21 世纪了，还不是常常看到好好的现代白话文不用，冒出什么高考文言文作文，写得一塌糊涂，还有名牌大学的中文系教授赞不绝口。

《南腔北调集》里的文章，是鲁迅在 1927 年到 1929 年之间写的一批杂文。这简直是太让人有穿越的感觉了。鲁迅在近百年前说的事，居然就像是在说现在。

尤其是鲁迅和许广平的书信集，特别有趣。鲁迅那时候才到厦门大学去教书，许广平人在广东。许广平提到杨桃，问他：厦门有吗？

鲁迅就回答："我在此常吃香蕉、柚子，都很好；至于杨桃，却没有见过，又不知道是什么名字，所以也无从买。鼓浪屿也许有罢，但我还未去过，那地方无非像租界，我也无甚趣味，终于懒下来了。此地雨倒不多，只有风，现在还热，可是荷叶却干了，一切花，我大抵不认识；羊是黑的。防止蚂蚁，我现也用四面围水之法，总算白糖已经安全；而在桌上，则昼夜总有十余匹爬着，拂去又来，没有法子。"

坠入爱河的鲁迅比一般人还要细腻，特别文艺，有浓郁的寂寞味道。不同于少年人恋爱的勇猛热烈，他缠绵悱恻，小心翼翼。

他自己吃过人心晦暗被利用、被算计的苦头，就怕许广平也吃亏上当受骗，絮絮叨叨叮嘱这个心爱的女人：

"我早已有些想到过，你这次出去做事，会有许多莫明其妙的人们来访问你的，或者自称革命家，或者自称文学家，不但访问，还要要求帮忙。我想，你是会去帮的，然而帮忙之后，他们还要不大满足，而且怨恨，因为他们以为你收入甚多，这一点即等于不帮，你说竭力的帮了，乃是你吝啬的谎话。将来或有些失败，便都一哄而散，甚者还要下石，即将访问你时所见的态度、衣饰、住处等等，作为攻击之资，这是对于先前的吝啬的罚。这种情形，我都曾一一尝过了，现在你大约也正要开始尝着这况味。这很使人苦恼，不平。但尝尝也好，因为知道世事就可以更加真切了。但这种状态是永续不得了，经验若干次之后，便须恍然大悟，斩钉截铁地将他们撤开，否则，即使将自己全部牺牲了，他们也仍不满足，而且仍不能得救。"

这真的是一片柔情倾何许，自是牵挂广平兄。鲁迅写给"广平兄"的这段文字，太琐碎，太家常，太深情，读来令我有点唏嘘。

鲁迅之可爱，在于百年后读来，仍然那么贴近生活，没什么套话，嘴硬心软。他讲话直，说的都是一些实在话，在这俗世间，令我大笑赞同，默默叹息。

中国莲花与法国玫瑰

送花这件事情，不管是在中国还是在西方，都非常稀松平常。当你心有所属，爱上了一个人，你难免会借助一些美好的东西来表达你的爱意。外国人送 Rose，其实就是蔷薇科的月季。

在中国的古老诗歌里，就有"涉江采芙蓉，兰泽多芳草。采之欲遗谁？"后面的诗句就不用背下去了，重点是，我们把芙蓉和芳草，送给心爱的人。

《西洲曲》里的采莲，也很有爱情的甘苦滋味。"开门郎不至，出门采红莲。采莲南塘秋，莲花过人头。低头弄莲子，莲子清如水。置莲怀袖中，莲心彻底红。忆郎郎不至，仰首望飞鸿。"

喜欢的少年郎还不来，那我就出门去采莲。莲花在头顶摇曳，擦身而过。摘了莲蓬，取出莲子，清澈如水。莲子放在我的袖子里，但那个人儿还不来，我仰头盼望天鹅带来书信，希望有他的信息。哎呀，不管是忧伤的思念，还是欢喜的告白，莲花完全可以担当起来。

一直到两百多年前国门打开，西风东渐，我们也跟着洋人学会了送玫瑰花。非法定的节日里面，就数情人节最为深入人心。最近这些年，就连七夕乞巧节也变成了中国情人节，充分说明爱情是无国界的，还是最通行世界的。

老实说，我觉得玫瑰虽然也美且香，但气质真的俗气，哪像莲花那么雅致。不过考虑到莲花只有夏天盛开，古老的中式审美千年流变，人们又总是喜新厌旧，我也就是无可奈何，喟叹一声。

凡是跟爱情扯上关系的东西，价钱就像变魔术一样，变成女孩们之间悄无声息的攀比，难以捉摸。越漂亮的花越贵，越贵越显示出重视，越重视就越藏着心思。

一个女孩收到倾慕者送的昂贵的玫瑰花，按道理来说，应该欢喜不尽。但世间事，哪有那么单纯。多年前我翻到德龄公主写的一段往事，笑到捧腹。她曾经跟着美国舞蹈大师邓肯学跳舞。那时候邓肯还没有名满天下，穿着非常简单的衣服出现在德龄公主的面前。

而德龄公主是清政府驻外大使裕庚的女儿，习惯了从穿衣打扮上判断一个人的阶级和身份地位。她觉得邓肯太普通太平凡了。她没想到，邓肯越来越红，甚至可以到法国宫廷、美国总统的招待会表演。

当时有一个伯爵对邓肯展开了猛烈的追求攻势，他跪在邓肯脚下吻她的脚，不断去找邓肯，把昂贵的玫瑰花送到邓肯的工作室。

这听起来很浪漫，何况还是个伯爵。结果，邓肯直接把花和名片一起从二楼窗口丢出去。

德龄公主当时年纪还小，只觉得那玫瑰花多么漂亮，多么精致。

但是见过大场面的邓肯，一点也没有被感动，相反她非常愤怒。

邓肯告诉德龄公主，这个伯爵人还不错，但是她太了解这样的男人了。他知道邓肯已经开始走红，很快就要攀登高峰，收获多年艺术成就的果实，可以赚很多的钱，那个娶她的男人也不用再工作了。

邓肯告诉德龄公主说："听着，孩子。在法国，当一个男人天天给一个女士送玫瑰花的时候，就表示他的心情很迫切，他很快就要来求婚。法国的求爱者在这个时候是很舍得花钱买花的……因为有这样一种习惯，结婚之后，新娘就要偿还买花的钱。他送的玫瑰花，是他找到的最高价的。如果我和他结婚了，我就要替他付花儿的钱。"

当时我读到这一段，好笑之余，也格外理解邓肯。德龄公主虽然不是皇帝、亲王的女儿，只是翻译将其误译为公主，但毕竟还是官宦之家的千金小姐，她养尊处优，奴仆如云，在富贵中长大，所以一派天真。而邓肯贫苦出身，通过天赋和技艺修炼，变成艺术圈的凤凰，阅人见识当然老练，谙熟人情世故。

玫瑰花看上去很美，又很香，但真的很俗。就像看起来浪漫的法国佬，其实打着市侩小算盘，那个送花的伯爵，想着靠女人吃软饭罢了。

一盒子漂亮玫瑰就想偷到邓肯的心？简直做他的春秋大梦。

我想这个世界上大概是不会有男人买最贵的莲花去骗女人的。每年夏季，中国的莲花大江南北，俯拾皆是，再怎么精明狡诈的商人也炒作不了莲花的价格。女孩自己在家弄口陶瓷水缸，都可以养出莲花。

玫瑰一般总是男人送给女士，但在我们中国的文化审美里，女孩一样可以采莲送给少年。

如果有人涉江亲手采一朵莲花送给你，也许更加接近爱情的本真。

戏说中国城市

这些年，我出版很多作品，外出频繁，四处讲学，参加电视台、书店、大学、图书馆或世界读书日大型活动，走遍大江南北，我把中国的许多城市用脚丈量过，觉得这些城市各有各的特色。

每到一个地方，我都会在心里琢磨，想象一下那个地方，可以用什么样的人来形容。

成都是居家男子，白净面皮，居家实用，上得厅堂，入得厨房。据说成都乃至四川的男人，都唯家里的女人马首是瞻。阴柔闲散，先进文明独领风骚。这个城市很会打扮包装自己，拿得出手。

那年游杜甫草堂，逛宽窄巷子，住在一个星级的艺术酒店，朋友陪吃饭，留下的记忆很愉快。川菜鼎鼎大名，但我最深的印象反而不是串串火锅，红油烧菜，而是铺天盖地的绿。这里水汽浓郁，所有植物都绿得精神饱满，妖里妖气的，仿佛随时要离开枝头去逛街一样。

南京是美丽女子，风流婉转，金陵韵味江南情趣，俗称徽京。有个先锋书店，直接拿地下车库改的，简直文艺到发指的地步。

无锡、扬州、苏州，堪称妖娆三杰。

真的，我被无锡本帮菜的甜吓到了，简直要腻死我。无锡这个城市市容特别干净。我去过太多市容不整的城市，看见洁净的地方，就特别惊叹。这里很精致，很小资产阶级情调。无锡，是位中年艺术家，男的，戴着贝雷帽，叼着小雪茄。

而苏州，一切恰到好处，食物鲜甜美味，有玲珑园林，坦白说，在狮子林里逛，好比在迷宫里穿梭。苏州文脉悠久，懂享受，有文化，苏州好比是个教书先生，一身书卷气。

在扬州逛盐商宅子，相当奢华，市民晃晃悠悠，优哉优哉。我挺喜欢扬州韵味。所以我觉得，扬州是个老派的公子。

还有浙江嘉兴的乌镇，躺在乌篷船摇摇晃晃，很惬意，吃豆腐脑，喝黄酒，至今念念不忘。

西安是一肚子掌故的老伯，城府极深，八风不动，随便摸索出几件宝贝就能震惊天下。城市本身颇为老旧，因为历史遗址太多，什么都不干，靠门票就可以赚得盆满钵满。就地挖掘，指不定就是千年前的汉唐古物。

广州是懂生活又富裕的大叔，充满熟男的智慧，享受生活，市民中意饮茶嘛。

上海是精明的嫂子，好比王熙凤，贵族家的泼辣女人。当家管账，刻薄，攀高踩低。我很佩服上海人的做事风格和工作态度，实在是够能干够算计。卧虎藏龙的上海滩是名副其实的销金窟。

北京是严父，拿捏着尺度，端着架子。掌权，一家之主，说一不二。如果说人人都想有个好爹去拼爹，北京，独占鳌头，得天独厚，无可取代。在北京出名，就是在全中国出名。

如果让我来形容武汉，我觉得应该是个风华正茂的少年。他学问很不错，基础打得扎实，早熟懂事，聪慧过人，还挺帅气，远大前程，拉开序幕。

三亚是具有热带风情、穿比基尼的洋妞。日照那么充足，每个人体内的血清素和多巴胺也分泌充足，人们的心情也是明亮的。我去三亚的那次，是在春天到了黄昏时刻，耀眼的太阳退下的时候。一轮皎洁的新月升起来。刹那间，我想起了小时候读过的古诗"海上生明月，天涯共此时"，心中满是缠绵思念。

至于长沙，这是一座"罪恶"之城，美食太多，令我大吃特吃然后发胖。我最爱粤菜，其次是湘菜。长沙离武汉太近，在古代都属于楚国，是我去过次数最多的城市。这里洗脚舒服，居住不贵，要文化有岳麓书院，要娱乐有湖南卫视。所以，我觉得长沙像一个远房表妹，有点亲切，有点八卦，厨艺非凡，闻名全国。

我曾经也看过北方城市的海。比如大连，风从海面吹来，始终有一种凌厉犀利的感觉，整个人很快就会变得干燥。大连像快递小哥，长着明星脸，分分钟当网红。

说起快递小哥，还有个真事。有一次我寄个快递到合肥，快递小哥反问我：合肥是在哪个省？我瞪了他一眼，他羞愧地反省了自己，说："你是在想，快递小哥居然不知道地理吧？对不起。我错了。"合肥……有这么没存在感吗？

很多人一直以为青岛是山东的省会、厦门是福建的省会，三亚是海南的省会。

当然了，其实我自己也是很多年后才知道，济南、福州、海口都不服！而且河北也有省会，叫石家庄。

厦门像小公主。傍海而出，明眸皓齿，养尊处优，备受全国文青的宠爱，未免也很傲娇。

杭州是个国际大牌女明星。她国色天姿，靠脸吃饭，靠绯闻就能赚大钱，靠风情万种可以省下无数广告费，只能说是运气好，天生具有优势。有阿里巴巴和马云的城市，还有颠倒众生的《白蛇传》，我还能说什么呢？

哈尔滨整个城市有一种退休老干部的错觉。昔日太辉煌，架子还在，气势不减。只是退休了，时过境迁，人走茶凉，能量还是有的，就看怎么发挥余热。

香港，就是个大富婆，靠着大陆这棵大树，吃喝拉撒特别方便。繁华热闹都在那么一小坨市区。这里贫富差距大，城市够浮华，浓妆艳抹，珍珠翡翠，长袍马褂，西装革履，华洋混杂，异香扑鼻，堪称浮夸之首。

最后，说说深圳吧！深圳像万国花魁，褒义的。无数人的应许之地。没有千年沉淀，居然拔地而起，凭借风云际会，屹立南方，赶超广州，直逼香港。这里是一个让人发财的地方，一个没有历史包袱的地方，一个我曾经想定居的地方。

像金庸那样热爱学习

我自幼喜读金庸小说，成年后每逢看到和他有关的文字，就很留意上心。年中时北大的一个同学晒出了手机拍的照片，赫然是查良镛的博士毕业证书。原来金庸相当低调地又去北大读博了。这事惹得议论纷纷，因为北大的同学没发现金庸常常出现在课堂，这学位，岂不是给得太随便了？

北大校方只得向社会通报，金庸的确是在中文系读博，师从袁行霈。不过呢，因为金庸年事已高，身体趋弱，导致他未能按计划完成学业，今年将无法拿到博士文凭，至于那张被拍到的学位证，只是按惯例预先准备好的。看来金老爷子能不能拿到那个博士头衔，还是未知数。

此事有了个解释，大众也就没什么热情了，我却对这个边角余料很好奇，为什么是袁行霈老先生，而不是别的教授呢？袁行霈老先生我有听闻，因为他不只是北大教授，还是民盟中央的副主席，恰好我是个民主党派人士，加入的就是民盟。但我总觉得在别的什么地方还见过这个名字。

而且金庸这样的人物，不只是个有名的武侠小说家，还是闻名世界的一代报人和社会活动家。他名气太盛，地位显赫，高龄读博，虽然他一贯有好学之心，但实在是容易招惹闲话，一张照片都会弄得沸沸扬扬，一般谁会收他做弟子啊！

前段时间我参加了南方某家卫视的一个人文地理活动，同行的有北大中文系的李铎教授。我心想，刚好可以就近问问看这事，金庸为什么会选择袁行霈老先生。一问之下，李教授说，好像他们之间扯得上亲戚关系呢！

这下提醒了我，一查，和以前看闲书的记忆对上号了。金庸的堂姐查良敏，嫁给了琼瑶的三舅袁行云，而袁行云的堂兄弟，正是袁行霈。

这层脉络理清了，令我忍俊不禁，难怪袁教授接下了这颗烫手的山芋。

说回金庸的好学之路，更加好玩，我看聂卫平的回忆文章，说是20世纪80年代，金庸突然托人转告他，要在从化拜他为师。聂卫平还以为金庸不过是想和他学学棋，而且他也想认识金庸，于是就赶到从化。

结果一见面，金庸就要像在他小说里描写的那样给聂卫平行大礼，三叩九拜，举行拜师仪式。金庸比聂卫平大二十多岁，聂卫平大为吃惊，赶紧推辞，"这怎么受得了，我立刻阻止了他；我说拜我为师可以，但不要磕头了。就这样我成了金庸的老师，以后金庸一见到我就以师父相称。我们成了很好的朋友。"

虽说金庸当了棋圣聂卫平的徒弟，但他的棋艺还是挺一般。好在他一生也不以棋艺见长，也不去参加什么重要比赛，完全是对国手技艺的喜好崇敬。

《孟子》里有句话叫"人之忌，在好为人师"，金庸这种恰恰相反，应该算是"好为人徒"，像极了他笔下的韦小宝，遇到个高手就不放过，定要拜师学艺，杂学旁收。

据说金庸在浙江大学当人文学院院长时，就有人讥讽他学问不够，他也低头纳言，"别人指责，我不能反驳，唯一的办法就是增加自己的学问。"

他少年时代因为国内战乱，学业屡屡中断，始终没拿到正经的文凭。晚年一路求学，在剑桥大学认真读了硕士，又读博士，然后又来念北大的博士。

时代变迁，社会思潮反复，很多人早年失学，后来大富大贵，再提起念书上大学，就挺"反智"的，一口一个念书有个屁用。像金庸这么名满天下极为有钱，仍然有志向学，费尽心思好为人徒的，实属难得。用当下的话来说，是个正能量例子。

旧食物的温度

多年之后，小栎自己按下计时器，开始在厨房里忙碌。

遥远的童年时代，六岁的小栎穿过的古老的巷子，那里现在变成了小小的桥。在石头桥边就是她的家。

每天黄昏的时候，左邻右舍的厨房，传出诱人的香味。只有自己家，寂静得不像话。父亲远在外地工作，母亲常常加班晚归。放学步行回家的小栎就这样坐在门口的台阶上，傻傻等着，饿着肚子，吞着口水。其实家里有泡面，但她厌倦了面条的味道。

那年冬天，某一次提前回家的母亲，看见坐在台阶上的小栎，摸了下她的脑袋，说，今天咱们做好吃的。然后母亲快速地移动到厨房，从口袋掏出切好的小块排骨，那是她回家路上，在菜市场精挑细选的，用油纸包包好，外面再套了一个塑料袋，带回家的。

然后呢，母亲又把院子里面堆放的一堆乌黑泥物扒开，取出一根长长的东西来。用清水洗干净，那东西就露出雪白的莲藕本色。母亲斩掉黑色的藕节，把藕切成大块，再分解为小块的藕丁。

当另外一半的藕还在被切成薄薄的藕片的时候，热水已经在蒸汽锅中滚滚沸腾，小栎母亲开始用那些小块的藕，均匀搅拌上蒸菜专用的米粉，加一点盐和香料。对了，还有最重要的秘诀，这要在末尾加上。

青翠碧绿的茼蒿切碎之后，同样拌上米粉；冬寒训练过的红皮萝卜，切成细细的丝，也拌上米粉。蒸汽锅的抽屉上，母亲开始铺放这些食物材料，细心得像在打理一件工艺品。

一层萝卜丝，一层茼蒿，一层藕丁，颜色好看得异常养眼，母亲盖上盖子。藕丁之上，另外加上一勺雪白的猪油，再稍微搅拌一下。这个时候加进去的猪油会在热度作用下，顺着三层食材渗透下去，这样食物容易熟，还会糯滑顺口。

与此同时，那些切得透明晶莹的藕片，两片一夹裹住了切好的葱花肉末，被小栎母亲逐一放进调好的面糊里面。面糊里还加了一点蛋液、一点盐和一点胡椒粉。

蒸汽锅冒着白色热气，另外一边油锅已经热了。

那些夹住了肉末的藕片，在油锅里冒着气泡，散发出奇异的香味，炸到金黄色，小栎已经眼馋得不行了。这就是藕夹。

看似复杂，但心灵手巧的家庭主妇，半个小时多一点，就烹制出来了。但是对于小栎来说，重要的是放学回家有人陪伴，孤单寂寞的童年，这是最温暖的记忆。

最后，圆桌上摆出了两道菜。红红绿绿粉嫩的蒸菜，三样拼放在一个大盘子里。酥脆的藕夹，咬一口满满的鲜美，小栎根本就等不及拿筷子，直接伸手抓起一个，龇牙咧嘴吹着气，吃掉了。母亲半是阻拦半是心疼，"喂喂，死丫头，你给我慢点吃，别烫着了。"

小时候的小栎，一边看着母亲手脚麻利烹煮食物，一边看着屋子里墙上的壁钟，默默在心里计算着什么时候能够吃得到。小栎清晰准确地记住了，灵巧敏捷的母亲那次花了37分钟。她吃得很饱，夜里打嗝了好一会儿。

结婚以后的小栎，提起家乡的菜色，决定做给家人吃。第一次试着做，失败了；再做，又失败了；做到第三次的时候，她不耐烦了。嗨，老公早就等着开饭，看着烧焦的藕夹，寡淡无味的蒸菜，她碗筷一推，黑着脸叫："出去吃。"

不吃就不吃呀，这年代谁说女人一定要在家做饭带孩子，还非得做得好吃。小栎一样要出去上班，一样要辛苦。既然这样那就不如一起出去吃吧！

对了，这个时候，没多少人叫她小栎了。同事朋友和老公都直接叫她的名字，李栎。小孩子永远只会叫妈妈。

有那么一些时候，李栎心中也会有那么一点遗憾：为什么没能继承妈妈的好手艺呢！于是她自我总结和安慰，大概自己真的没有做菜的天分。

小孩子七岁的时候李栎离婚了。在大学里面当硕士生导师的老公，跟一个年轻的女学生好了。签离婚协议的时候，老公放弃了房子，并且承诺要赡养她的父母，以及养育孩子所需要的费用，一律承担。

一瞬间，好像昨日还坐在家门口台阶上的小栎，转眼之间便长大了，在外地念大学，谈恋爱，在大城市结婚生活。眨眼之间又有了小孩。眨眼之间，又恢复了自由之身。相爱带来快乐，挫败带来愤怒，告别带来眼泪，成长带来坚强。

父母呢，匆匆忙忙，发生了变故。一个上了天堂，喜欢抽烟的父亲患肺癌走了；一个记忆衰减，六十多岁的母亲，有时候会忘记她的名字。五年后，也去世了。

女儿十一岁这年，她忽然心血来潮，买好了新鲜的蔬菜、新鲜的萝卜和莲藕，还有新鲜的肉，以及各种作料。

这一次成功了，共计五十五分钟。虽然效率不如母亲，但味道总算赶上了。她尝过以后，还有点不敢相信。

藕片要厚薄适度，切的时候要专心。肉末要均匀沾上淀粉才会充分舒展柔嫩。茼蒿不能切太细，因为上锅的时候，其实会缩水。至于猪油，那一勺是绝对不能少的，最后还加上了磨碎的芝麻粉。

做好了的时候，锅碗瓢盆是热闹的，心里是安静的。只有母女两个人，也不会寂寞。其实吧，现在的孩子人小鬼大，一直嚷嚷着让她再找一个对象。当然了，得是一个看得顺眼的大叔。李栎嘿嘿一笑："我要是再找男的，肯定也让你过目把关。不过，还是等你考上大学吧。"

"哼，我看你是想单独享受两人世界，不想旁边存在电灯泡吧？做得这么好吃，以前干吗不做给我吃？"

　　李栎无言以对，只是微笑。她本来想告诉孩子，这是跟你的外婆学的。但其实，她也没有认真学，只能算是旁观。很多女孩子并不是生来就会做饭，也不是生来就是一个杰出的厨娘。做菜有很多秘诀，但有一个秘诀是共同的。为了你所爱的人做菜，然后静静地熟能生巧。

　　餐厅的菜很好吃，但是大家念念不忘的还是妈妈菜，那是另外一种与众不同的好吃。

　　如果换成了自己的母亲重新来做，也许是另外一种好吃，也许孩子根本就不喜欢从前大人的口味。谁知道呢！其实母亲的拿手菜很多，远不止这两样，但也有的人在长大以后，重新吃到妈妈做的菜，觉得难以下咽，大概这种人已经忘却了本来的初心。世界上有千百种爱，就有千百种口味。

　　看着孩子吃得格外香，她胸口里涌出喜乐和淡淡的哀伤。这很奇怪，但又合情合理。

　　人生中那些琐碎寻常的画面，闪着微光。小栎所不能释怀的是，亲人和逝去的天真青春都无法重来。可是那个脸孔类似幼年自己的女孩子，瞪着天真的眼睛凝望质问："妈，怎么发呆？你也吃啊！"

　　嗯，她也吃起来。只有红皮萝卜才能这么晶莹甘甜，只有最新鲜的茼蒿才能闻着清香入口柔软，只有火候足够的粉蒸藕才会软糯浓郁。

　　到如今的岁月，李栎觉得一切饱足，都取决于自己的心，有亲爱的孩子，也爱惜自己。哪怕外面气候寒冷，但家里暖和安逸，还有一盏暖黄色的灯。冬天的蒸菜，是一个人心中永远需要的，温热的爱。

所有的旅行只是让你更想家

在南京的街头，我穿过熙熙攘攘，去开了许多年的锅贴店吃饭。锅贴就是饺子啊，不过呢，在武汉叫煎饺。金黄色的锅贴香脆迷人，老店生意很好，我吃到第五个的时候，看见屋子后方坐着老伯伯、大叔、大婶，他们手脚勤快地在包饺子，然后不知道聊到什么有趣的话题，一起哈哈大笑起来，结果大叔突发袭击，去捏老伯伯的胸口，三个加起来接近两百岁的人，无比嬉闹欢乐。我看着这一幕，嘴巴里的饺子差一点笑喷出来。

在南京的鸭血粉丝店，老板娘细声细气跟另外一个女人闲话，虽然我基本上听不懂吴侬软语，可是，我忍不住感叹，好温柔的语调，比起武汉打个招呼都像在吵架的嗓门，简直是天籁。

在南京的报刊亭买矿泉水，摊主冲一个带孩子的妈妈说，这个版画啊，你们要买不，这个就是骗人的啦，骗小孩子啦，十块钱，就是骗小朋友的，要不要？我擦擦额头的汗，心想，这老爷爷做人简直跟纯净水似的，也太诚实透明了吧。换了在武汉，我家附近报刊亭的那个女人，脸不红心不跳一声不吭就把过期的报纸卖给我。

在南京的公交车上，我被挤得双脚踮起，经过长江大桥时，我眺望窗外，心想，跟武汉的景色好类似，果然都是长江边的城市，只不过一个在中游，一个在下游，就连江边那个高塔，长得跟武汉龟山上的电视塔一样，惟妙惟肖。

在南京的秦淮河岸，吃茴香豆，味道很好，我一边穿梭进金陵古迹乌衣巷，一边心里说：这个就是大蚕豆啊，不过南京是用水煮的，武汉那边喜欢油炸，还有个清雅得莫名其妙的名字，兰花豆。大概是形容炸开了的蚕豆样子如花。

在南京的红山动物园，看着养尊处优的大象，我叹息，武汉的汉阳动物园，大象、熊猫、猴子都很可怜，住得破破烂烂，远远不如这里的。

从动物园出来，我直接坐地铁去南京南站，返回武汉。旅行结束，我从列车中出来，夜空将要下雨，有些冷，我抱着自己的胳膊，刹那灵魂归位，鼻头发酸。我的理性被感性打败。

所有拿来比较的，都是我原本生活的城市。以为是双城记，原来是对照记。心心念念的全是武汉。

你看，一个人要理解自己，认识自己，真的不容易。曾经我以为我是喜欢旅行，其实，所有的旅行只是让你更想家，让你意识到，喜欢和爱的差别。喜欢是喜欢那些优点，而爱和家，是你各种挑剔却只想赶回去的地方。

我心中的奇妙小镇

麦兜的老妈麦太说过："武汉，一个卧虎藏龙的城市，你孕育了热干面，孕育了鸭脖子。"我到底给外地的朋友寄了多少热干面和真空包装的鸭脖子出去，这永远是个谜。

一江分南北，我是江南居民，对面是江北。老观念里，江南江北各不同，但我却常常有意外惊喜，忍俊不禁。武汉的确是市井和象牙塔并存。一边"白云千载空悠悠"，一边啃鸭脖。

我人生中的青春期，属于这个奇妙的地方。因为四周全是大学，天天打交道的人，都颇具书卷气。

很多年前我还是大学生的时候，去武汉大学参加樱花诗歌比赛。那时候，树下还没有那么多游客，大门口也不会有人找你要门票。进入校园，如雾如雪的花瓣，落了满头。那次诗歌比赛我得了奖，打着庆祝的名义，半夜就近在老牌坊那一条街吃烧烤，好生快活。

在南湖的一端，中南民大的图书馆，是全国最美图书馆之一。曾经那儿有桂花、蜡梅，碧草幽幽。

在南湖另外一头的珞狮路有个幸福村，村头有个酒家做的水煮胖头鱼，做得勾魂摄魄，吃了鱼头，汤汁还能拌下两碗饭。毕业工作后，我经常在此处迎接各地的好朋友，博得无数好评。

还没有光谷世界城的年代，找不到一家像样的超市，但每个学校都有一条腐败街，街上有无数青年男女和他们的青春故事。教授和学生们一样，享受着最世俗的生活，做最高深的学问。

有一回，我在华中师范大学后门一条街通宵K歌，天亮了去吃早点，喝着稀饭，吃着面窝糯米鸡，听到旁边一个大婶呼噜呼噜的声，她配着咸鸭蛋也在喝稀饭，喝得真香，紧接着她的手机响了。

接起电话，她聆听片刻，回答电话那头：我跟你讲，这个就要考虑到人本主义了，维特根斯坦就认为说不清楚的时候还不如保持沉默。卡尔维诺说过，未来的文学趋势，是越来越轻盈，而且从心理角度看，现在人可不喜欢看太拖拖拉拉的东西了，要短小精悍，嗯，没错。

我这么一个写作为生的人，也忍不住要击节赞叹，好一个未来文学观。再仔细看清楚，真的，这位大婶花格子的确良衬衫，塑料拖鞋，挎着菜篮子，头发虽然龙飞凤舞大概没梳理，但架着眼镜的样子精明犀利。

谈文学、哲学也没耽搁咸蛋稀饭，她冲着小摊贩老板说：还是三块钱，是吧？摊主笑呵呵回复：老顾客，那当然，您上课带硕士呀？大婶点头：我先把菜丢冰箱，早上买的新鲜。然后她趿拉着拖鞋，气定神闲地向学校走去，像一只胖胖的企鹅。她的北方口音，隐隐约约带了点"汉味"。

而在江北，我特意去逛了汉口新开的卓尔书店。这里不像平时去过的书店一般，这儿所有的柜子又大又高，风格硬朗，猛一看，像图书馆和高端商务楼结合体。逛着逛着，只听见旁边中年男士对话——"刘总这边走。""待会儿还有个会。"我又被逗乐了。

如果故作清高，难免会觉得在书店里谈生意真是附庸风雅。但要是换一个角度，谈生意赚钱也要选在书香弥漫的地方，也不失为好事，那一区的人，就得到福荫，有个像样的书店待了。站在大落地窗外，我掏出手机拍照，一长排人坐在书店内的台阶上，有老有少，都在埋头读书。刹那之间，有些感动。

至于光谷步行街，那是全球大学生最多的地方，听起来就让人瞠目结舌。所以一般我都只在学生们寒假期间去溜达。

夏初时，我跟着我的作家朋友胡榴明穿过江汉路，从前路过无数次的大刚报旧址的小楼里，据她考证，原来胡兰成在这待过。昔日繁华的大汉口，商业文明下面，其实还有很多的文人故事等待挖掘。张爱玲的故事，不只属于上海。

我的另外一个朋友，在南方生活几年，又满腔热情地回到了武汉，在胜利街开了一个酒吧。她还是喜欢武汉的氛围。

这么多年来，武汉这座城简直浑身上下扣满了刻板印象的帽子，尤其是大县城这一顶。就连一个城市的江南江北，也相互心存偏见。这城市太大了，也太丰富了。长年累月身在其中，穿梭在不同的城区，用双脚丈量，我别有体会。它不只是池莉笔下精明强悍的嫂子，也不只是一口"汉骂"的出租车司机，更不只是武汉大学那可以挤死人的看樱花人群。

也许曾经的江南、江北有过显著的不同，而今却渐渐趋同。黄鹤楼其实适合外地游客，东湖才是全国最美最大的，昙华林的小店快赶上鼓浪屿那么多。夜猫子汉口友人们不乐意找我们早睡早起的江南人玩，我们嫌弃江北太闹腾。但新城区大搞建设，原本落后的武昌，也尘土飞扬，新鲜诞生。汉街在夜幕时候华丽丽的，美得不像话。

习惯了充满各类学院的书卷宁静，我们渐渐地也体会到了江北生活的喧嚣红尘滋味。历尽物贸沧桑的汉口，它的民国老公寓和几百年的明清老房子，也年深月久累积了迷人的文化气息，很美很文艺。

作为一个喜欢猫的作家，我还创造过一个本地方言段子，武汉是一个溺爱猫的城市。为啥？凡是自个儿没有的东西，都会说"猫的"（指"没有的"）。

我们曾经在江上往来，一桥飞架南北，路途漫漫加上堵车，还是嫌远。有地铁了，在万里长江的地下疾行，这座城的两种气质有了奇妙融合。

算算年头，到 2020 年，我已经在武汉住了二十二年，恰恰是我小半生的一半，目睹它从灰头土脸到国际范儿。这座城市既柔软又坚硬，既豪爽又市民，它声名在外，但其实万分内秀。汉口码头、民国老公馆、许多个长江大桥、旧租界建筑……它拥有的故事和美丽多不胜数，得到的误解与忽略也全国皆知。

都说武汉性格火暴，有一天经过三阳路，我在一条巷子口侧身看了一眼，一个太婆靠在躺椅上，头发半绾了个发髻，右手夹一根烟，这太婆满脸皱纹，阿妈款式衣衫，但吞吐烟雾的姿势，一派高手架势。有人过去跟她打招呼，她就挥挥手，搭腔几句，隐约可闻一派粗鲁豪爽。真是一把年纪了，硬气不改。

这样的太婆，我见过不少，闭着眼睛也能够闻到老江湖味，你要是敢上前攀谈，她绝对可以跟你扯着汉腔，旧故事说个天昏地暗。老街道老房子老巷口，这太婆在黄昏日暮的光线下，淡看岁月的范儿十足。

有空的时候我也跟小朋友们玩，十几二十岁的各种本地娃，聊起天来普通话说得非常顺溜，礼貌客气也很周到。不过呢，接个电话，要是家里人打来的，口音立变，切换自如。回过头，又是斯文可爱。这些小朋友跟我说，他们的妈妈们嫂子们是改不了口音了，不过他们可是轻松自如完全驾驭。

还有那些小小年纪来武汉读书求学的年轻人，虽说武汉的大学是铁打的营盘，大学生们是流水的兵。不过呢，这流水一直流着，青春一直贯通八达，分布全城，带来的意义就不同了。就像长江一直流着，这城市不也就叫江城了吗？四面八方的年轻人一年年来，一年年走。樱花和湖水，小吃跟爱情，都在回忆里永不褪色。不少人留下来了，新鲜融入。

看一个城市，看少看老。全天下的中年人都忙忙碌碌各种面具修饰。少年们有未来，一切不定型，人与城市，相互影响作用着，往前继续走着。老人们看惯春花秋月，干脆原原本本做人，且保留着过去的言谈举止，原汁原味。

看武汉的少，再看武汉的老，你会发现这城市有一股子大趋势。你以为武汉总是那个全国人民嘴巴里说的样子吗？那可未必。它日新月异地变，有一天你就发现它怎么就不是那个传说中的城市了呢。几十年上百年又算什么呢？就跟煲汤一样，到了工夫和火候，又有一番滋味。

不怕说句实话，新老更替，这城市也渐渐温柔了。首义大城的厚重慷慨，千载盘龙的历史渊源，有着自然生长的爱意和绵绵不绝的哀愁。

别再说武汉是个大县城，就像说周星驰没演技一样，那是世俗人眼光的偏见，不能当真。借用这地方诞生的网球大明星李娜开玩笑的话，它其实就是个住了一千多万人的小镇。

一个奇妙的迷人小镇，我愿长住这小镇。

食物里藏着永不衰减的爱

回答我一个问题，你最爱吃的东西是什么？不局限在零食范围。

这个问题很好回答。充其量使你小小烦恼的，是你最爱吃的东西里有几项并列。那么我要问第二个问题，为什么那一样食物你最爱吃？

可还记得第一次吃那种食物？何时何地何人何事？请让记忆苏醒，让真相呈现。你看见了什么人？什么地方？什么事情？

噫？比如我，我很爱吃饺子，还有瓜子，还有自助餐。我看见了小时候，我妈亲手包饺子，我帮她塞饺子馅儿，下锅煮，放调味品，热汤酸酸香香的，我大口吃着。

手工饺子的味道，是妈妈相关的童年温馨。

我还记得第一次带我去吃自助餐的好朋友。我爱自助餐，因为我们关系很铁，常常厮混在一起，暑假兼职啊什么的，摆摊啊什么的。

我还记得，我爸出差给我带的许多桂林的甘草西瓜子。我对瓜子这种零食的偏执热爱，就是这么建立的。以致我现在上面那排的牙齿队伍里，有几颗磨损出凹痕。瓜子的味道，代表着父爱。

你呢？

为什么多数人一边嚷嚷要减肥，一边疯狂地热爱美食？是因为生命中最爱吃的，脑海第一时间想起的食物，总是跟爱联系在一起。那一定是小时候妈妈做给你吃的，或者爸爸做的，或者爸妈带你去吃的东西。

其次是情人或朋友带我们去吃的好吃的。渗透了强大的爱的食物，残留的潜意识温暖一直主宰着我们，会唤醒我们爱和温暖的感知。即便我们忘记了当时具体的环境，忘记了人，忘记了事情，但我们会在内心深处，把当时舌头味蕾吃到的味道，与心理层面感觉到的幸福感，密切融合，储存起来。

因此，我们贪恋食物，不得不一再发胖，为之烦恼。可是无论如何烦恼，即使我们克制自己少吃，但对食物的爱，对特定零食的爱，永远不会磨灭。这就是吃的真相之一。

如果你在吃着饺子、甜汤、炒饭等任何一种食物的时候，感觉到幸福与美好，那是因为你的潜意识带你重温了那份温暖美好。这是生命的真谛，食物的本质。

所以，我们当然是喜欢吃饭的人。

我渐渐就吃成了一个胖子。但我从不挑食，因为我知道我不是在吃食物，我是吃着自己所能够感知到的快乐与美好。

张小娴在《友情的猪油》里写道："深夜两点钟来到猪油捞饭吃夜

宵，本来没什么心机，但是一边吃一边听蔡澜说笑话，忽然觉得，有朋友真好。只要挨一点苦，就有很多朋友关心你，甚至愿意熬夜陪你吃夜宵，说笑话给你听。本来怕胖，可为了感恩图报，也吃了小半碗猪油捞饭，吃的是友情。"

我们应该也应当吃好一顿又一顿的平安茶饭。这样，才对得起上天赐予的平静，日子施恩的快乐。

你最爱吃的食物，永远与你最爱的人的记忆相互牵绊。如果你很爱吃，或许只是因为你渴求爱。

这是一个来自潜意识的信号。

所以，我们不要遗憾，我们要抓住就在你手边坐着的平安茶饭。所以不论亲情友情，一切一切的真谛，是有那么多人能够陪伴着你吃饭。寂寞那样的东西，一定站在我的身边，躲得远远了。

这短暂又漫长的生命，每一个小细节不抓住，也就悄悄溜走。抓住的，那就是不辜负自己。如果你在吃着一碗糊汤粉或者猪油捞饭的时候，也能够感觉到幸福与美好，那一定因为你对生命的真谛有最深刻的理解。为此，我不怕一胖再胖。大不了，去跑步减肥。

一个城市的温度

第一次见到我的堂妹，她七岁，而我十几岁。

看见她比一般小孩长的耳朵，我很是吃惊。她该不会是一只兔子投胎的吧？见到她的时候，她正一个人窝在被子角落里抽着鼻涕——她的爸妈在吵架。我像个大人一样，牵着她离开那个喧闹的场合。让大人们去吵吧！我带的礼物恰巧是当时最流行的大白兔奶糖：给，都给你，不要哭了。

就那么一次，从此她成为我的小跟屁虫。哦，她是知道我对她好的。

后来，我们住得近了，她在我身边打转，怎么赶也赶不走。我上学了回家，跟谁玩都甩不掉这个小尾巴。这个时候，她的母亲已经确定要离婚，所有人都疏远这个破碎家庭的孩子。有人笑话她的时候，她更加往我背后钻，我乐得充当她的保护伞。

后来，她有了一个新妈妈。新妈妈最初是热情的。所有人都看着，看着日子会怎么样过下去。我在心中暗暗地祝愿，她会是一个好妈妈。

　　只是，她或许不幸。新妈妈很快在嫌弃当中走掉。这个时候的小妹已经上了高中。我站在家里的门口，看着已经有我肩膀高的妹妹，再也不好意思牵着她的手，一起去大街小巷转悠了。站在我旁边的她，已经是少女了。她不再问我语文数学的问题了，她的大学毕业工作了的大哥，也早把那些东西忘记得半点不留。

　　一个月前，为找工作的烦恼事情，她打来电话，我没说上三句话就挂了。

　　那天下了班，天越来越黑，空气也越来越冷。回到住所，我泡了咖啡准备熬夜。

　　晚上十一点的时候，电话忽然响了，居然是小妹又打了电话来。

　　"哥哥，工作的事情，总是有烦恼的。我知道人都是这样的，总是要遇到很多事情的。虽然不想遇到。不过，放松放松总是好的。"

　　我忍不住笑了，"你还小啊，说什么大人话，一套一套的。现在的小孩真是，都早熟得很。"

　　"已经不小了。"

　　"可在我眼睛里啊，你就是当年那个小兔子一样的丫头。"

　　"呵呵！"电话那头是这样的笑声。不反驳也不赞同。

　　我问："过节的时候，我回来，你想要什么礼物？"

　　"不要了吧，你记得给伯母带就行了。伯母一个人在家很闷的。"妹妹口里说的伯母是我的妈妈。

　　"累时就闭闭眼。你要学会休息，闭上眼静静思考，会有灵感的哦。"她一句话一句话传过来，电话那边无比嘈杂，但我每个字都听得清清楚楚，仿佛她已经长到了足够照顾别人的年纪。我大声问："你的宿舍里的女生怎么都这样吵闹啊！晚上睡得着吗？"

"不要紧，习惯了。你去睡觉吧。都累了一天了。"

"好，你也去吧。晚安啦！"

挂了电话，我在心里不断回味着她的问候。"已经不小了"，是啊，已经不小了。

那晚的城市，寒流踏着天气预报的脚步来了。我加了几层被子仍然觉得冷。但是电话过后，我能够感觉到自己在笑，就好像被冻僵的一个人，有人端过来一杯滚烫的姜糖茶，先是暖了手，然后是暖了胃，最后是暖了心，脸上也笑了。

小的时候，是我照顾她、保护她；现在，已经是她叮嘱着我了。

就好像是一转眼的时间，那个没有母亲、可怜得要命的小女孩，已经十六岁了。又一眨眼，她十八岁上了大学。也会安慰人了。

那个有着兔子一样的耳朵的小女孩，因为一包大白兔就被我收买的妹妹，就这样长大了，已经学会安慰她那个在异乡的城市里，一个人漂泊的大哥了。岁月真是无法想象的一件事情，从前，牵着我的手舔着鼻涕的小丫头，居然已经知道什么叫感伤，什么叫关怀。

一辈子就是这样地长大的吗？生命当中，那些在岁月里不断传递，不断接手过来的亲情，究竟是怎样发芽，然后成长为自己都无法想到的巨大温暖？

　　那也许就是我们在人世上走上一辈子都不会觉得孤单的信心与勇气。这就是我莫大的幸运，我在这个城市最为寒冷的冬天，都不觉得冷。我们因为有了这样的亲人，就总感觉自己不老，就算走再漫长的路，走得再远，也不会累。

想一想人类千百万年的进化历程，一样是野兽中打滚，
脑力和体力的协作，最终夺得食物链顶端的位置。
我们读书识字做人，在遵守社会规则的前提下，也要留一丝"野性"。
这一丝"野性"，使得我们不只要觅食，还要觅得更好的食物和资源。
人类才因此不断前进，成为万物之灵。

第五章

人生要有一丝野性，才能立足

人生要有一丝野性，才能立足

有一年的高考命题是"喂食动物，会让动物失去觅食的能力吗？"

这让我想起自己养的猫了。家猫被人养着，天天喂食，养尊处优，不过，它时不时却会找个机会溜达出去，过段时间又自己回来了。

有几次，我小心地观察，它离家出走在做什么，我发现，我的猫沿着栏杆，一路啃几口草，再顺着矮的灌木，回过头，又转悠出来，嘴巴里叼着一条壁虎、半只金龟子什么的。

你看，我平时对这只猫非常好，不只喂食，还给它很多零食，妙鲜包、鸡肉等好吃的，但它并没有失去觅食的能力。从生物进化角度看，是因为猫没有完全被人类驯化，保留了原始的野性。锋利的爪子、敏锐的听觉，它们悄无声息地跳跃攀爬，俨然是一头微型的老虎在巡视自己的地盘，时刻准备着抓捕猎物。

所以说，喂食动物，会不会让动物失去觅食的本事，骨子里还是看这种动物被驯化的程度。狗被驯化了一万多年，猫才五千多年。宠物狗失去了主人，离开了遮风挡雨的人类屋子和食物，流浪街头，难以生存。猫呢，大不了变成流浪猫，角色切换比较自如。

以此观察人，也有这样的现象。长期娇生惯养的人，丢到陌生的野外环境里，免不了四处碰壁，手足无措，甚至把小命都玩完了。而经过磨炼的，凭借一股原始求生的本能，想方设法活下去，生存能力会厉害一些，生命力更加顽强。

人之外的动物，则全靠进化和天性来谋生。长期圈养，高度驯化，的确会失去野生觅食能力。虽然在不同驯化程度的动物物种身上，这种丧失程度有差别，但大体上依赖喂食的动物，基本上自食其力的能力偏低。

好在人是高等动物，能够通过思索、学习，鼓励自己变通，从而适应环境，夹缝里求生存。人类观察其他动物，观察同类，从而更加了解自身。对待自己的幼儿，不只要喂食养活，也要从精神和体魄上培育。

现代社会仍然存在激烈的竞争，"觅食"是动物个体都要面对的生存大事。生而为人，依靠上一代抚育，接受教育，参与社会，求职工作，就是为了有一天成为成年人，独立觅食，谋取进一步的提升。

拼搏斗争与竞争从来都存在，只不过人类发现，用文明约束、协同合作来规范竞争，更加符合广泛长远的发展需求。

想一想人类千百万年的进化历程，一样是野兽中打滚，脑力和体力的协作，最终夺得食物链顶端的位置。

我们读书识字做人，在遵守社会规则的前提下，也要留一丝"野性"。这一丝"野性",使得我们不只要觅食,还要觅得更好的食物和资源。人类才因此不断前进,成为万物之灵。

做人的态度

有一年，我受一个出版界朋友所托，帮他选编一套丛书。这套书的定位是收录不同行业的社会精英和名家的演说稿。

我选了几篇自己很喜欢的发言稿，去找到他们取得授权。这个过程很有趣。

比如我给创办了科学松鼠会的姬十三先生写邮件。他的回答非常吻合科普人士的职业身份，他说："抱歉啊。那个演讲已经过去很久了，我不想出版。所以，请勿用。"

这样挺好，简单明确，不绕弯子拒绝。

然后，给吴小莉女士致信请求授权。吴小莉女士是凤凰卫视电视主持人，因为朱总理的记者招待会上，被点名回答采访而名扬天下。她的回信是经纪人负责的。不过她的经纪人说，会先跟小莉老师沟通，请等回复。

几天之后，我收到了回复，吴小莉女士同意演讲内容被收录到书中。不过因为相隔了近十年，她将演讲的原文做了一些小小的修改，把新稿和授权书一起发来。

那篇演讲稿是针对大学生的,谈到了中国驻南联盟大使馆被炸后,她和同事紧急制作了《中国人今天说不》的节目。其他谈的内容相对比较轻松,比如她第一次开始做电视的经历,参加毕业典礼要不要化妆,等等。吴小莉女士如此细心重新核对修改内容,倒是很出乎我意料。

传媒人特别知道传播的属性,自己说的话,自己是要负责的。对于会印刷在书里的正式出版的文字,非常认真。一旦出错,白纸黑字,再修改澄清就特别麻烦。

这是一个成名多年的专业电视人的职业操守,我很佩服这份严谨细致。

紧接着,我就收到了管笑笑女士的回复。"感谢您的好意,但由于版权归属原因,目前我父亲无法进行授权。"

她的父亲是莫言老师。

莫言先生在获得了诺贝尔文学奖之后,成了各大出版社竞相争夺的对象。他的女儿管笑笑负责处理日常版权事务。

凡事就怕比较。紧接着,我收到的另外一位台湾娱乐圈明星的回复,就没有这么斯文有礼,文质彬彬了。一对比,我会觉得文化与教养真的是密切挂钩的。对方的回复是,"×××不授权任何大陆出版。"

很明显,这是撒谎,这个明星的文字公开出版过,并且回信就是硬邦邦的那一句话。至于是哪位明星,我就不提其名字了。

最后收到的是葛剑雄先生的回信。当时他还是复旦大学图书馆馆长，他表示同意授权。

但是葛先生和别的所有人都不一样，他提供了一份书面的授权书，亲笔写了信，签名和日期完整齐全地邮寄到了武汉。

邮局通知我去取信的时候，我还纳闷，这个年代，谁还给我寄实体信件？想不到，居然是葛先生的授权书。之后，我再转给北京编辑中心那边。

事实上，那套书的收录稿酬非常少，只有每千字100元。这对于知名人士来说，几乎可以忽略不计。邀约信里对于授权书的要求是，邮件回复授权、手机拍照或电子扫描即可。这比邮局寄信简单太多了。

我跟很多的作家同行打交道，提供授权书都是手机拍照，或者邮件约定。有的更年轻的作者给我提供授权书的时候，要么忘记落款，要么没写日期，不得不要求对方再次补上。

我是通过微博私信联系上葛先生的，可见他并不是不熟悉电子网络的使用。对照葛先生，老一辈学者做事一板一眼的细致，我心底相当感叹，肃然起敬。

马克思说人是社会关系的总和，每个人做事风格不一样，如何处理事务往来，处理跟他人产生的工作联系，说明你就是什么样的人。

这些不过是小事情。但是对待小事情的态度，泄露了不同的心态。什么是认真，什么该学习借鉴，一目了然。

青春在哪里荒废

一

先说个有趣的小事。

有一次我去一家著名的杂志社拜访我的前同事小西。因为我在她那边发表了不少小说，她准备请我吃饭，顺便谈谈新的专栏邀约。

结果当我抵达了那家杂志社，在门口的保卫处填写访客登记时，恰好那家杂志的主编从办公室出来，巡视了一下员工们有没有在认真工作。

那个主编一抬眼看到我，就过来跟我打招呼。一边说欢迎大作者来做客，一边还想起了什么。"对了，刚才我们下半月刊的编辑主任不是说，出去约作者吃饭谈新的合作吗？我才签的会客单呢！你怎么还在我们单位呀？"

我愣住了，因为我当天根本就没有约那个下半月刊的编辑主任呀！

不过当主编的人都挺忙的，一转头就有人喊她，说财务在她办公室等着她签字。

等我和小西在一家餐厅碰头以后，我就问她："你不是上半月刊吗？怎么会变成下半月刊的主任约的我？"

小西想了想，明白了，直接告诉我答案。

其实就是因为他们单位有一个会客单假条制度，可以名正言顺地翘班。

他们常常打着拜会作者的名义出门。至于我呢？是他们杂志社的主力作者之一，干脆就直接拿我当借口，而且因为都在本市，所以打着我的幌子次数最多。

我忍不住哈哈笑了。

二

因为这个事儿，我和小西一起回忆起在前单位的工作经历。

小西毕业于华科大中文系，她说："最大的梦想就是找一份朝九晚五的工作，轻轻松松，所以当年才选择当编辑。"

我当时在旁边附和说："我也是，就是想着编辑工作没有那么强大的压力，看看文章，多读书，约约稿，就放弃了自己的本专业，来了这儿。"

结果我们发现，做编辑并不轻松。名家好稿人人争着抢，每个月的竞争都很激烈。日常还要排班值班，一审二审三审，编辑校对了再给专职校对。平时还常常要开会，如何改善版面提高文章质量。

那个时候我和小西，还有另外一个新人是竞争关系。大家都是年轻人，大家都不甘心向谁认输。领导要求早上九点钟到，我们八点半就到了。每个月原本只需要交三十篇稿件，但我们却准备了六十篇，随时用来候补替换。

有些栏目酬劳不高，为了证明自己的编辑能力和作者资源，我就自己写了交上去。反正是匿名审稿，全看稿子本身写得好不好。

我们每天不断地向全国各路名家约稿。

谁编辑的文章好，被全国畅销的知名文摘杂志转载，被中央人民广播电台录播，被电视台摘编，单位还会发放奖励。

于是我们又积极地去研究文摘杂志的风格，只为了编出质量好、又容易被转载的文章。下班了，我们还不走，在单位的综合阅览室翻阅各家刊物做研究。不蒸馒头争口气，累就累一点吧！

就这么竞争着，有一天我们集体在办公室感叹，这么明争暗斗真的好累啊！咱们是不是太拼了，其实，编辑费又不多，奖励也才一两百。

小西感叹说："我的近视度数都加深了，而且听说单位最近要招新人呢！领导去本市几所著名大学招聘。还听说，原先的主任辞职了，空出一个位置。"

这个时候我们已经在同一个单位，工作了两年。

很快，小西和另外一位女同事，一起被新单位挖走了。

她们因为勤奋，在期刊界有了口碑。而我呢？编稿没有她们那么勤奋，但我写作很用心，她们两个跳槽的时候，我出版了人生中第一本书。

老总挽留我，由我做编辑主任。但那个时候我已经有了谈判的资本，我要求一周只坐班三天，剩下的时间我自己安排，保证完成好工作。

老总同意了。

于是就发生了开头的那一幕。她们两个成了国内有名的大杂志社编辑主任。我成了一个拥有一定自由度的名作家。

当我的书更加畅销、收入更加高的时候，我买了房，后来我彻底地辞职了，得到了梦寐以求的大量自由。

成了主任的小西，收入当然也比以前高，还可以直接填写会客单拜访作者，这是编辑主任的权力。其实，就是趁机出来玩。

因为过去的勤奋，积累了充分的经验，足够的作者人脉，现在的小西，足以高效率地完成稿件编辑，工作并不会受到影响。小西基本上实现了最初的心愿，工作变得比较舒服轻松。

所以哪怕她们都打着见我的名义出来放风溜达，而且还穿帮了，主编也没把她们怎么样，只不过是私下里提醒警告一下。她们两个都是主力干将，忙里偷闲无伤大雅。

说到本质上，我们的自由，我们的轻松，是我们自己争取到的。

三

人的天性就是好逸恶劳的。但人也有追逐成功，变得更优秀的天性。

在我离开杂志行业以后，兼职做了一段时间的新闻记者。有一次我采访一家知名酒店的总经理。采访过程当中，我看他的助手明显有点心不在焉，还打了个哈欠，一看就是前一天熬夜了。

过了一段时间，和那个酒店总经理碰头的时候，他换了助理。闲聊中，我问起之前的那个小助理的情况。这个总经理露出哭笑不得的表情。

他说新生代跟他这个 70 后代沟太大了。他特别叮嘱小助理，你的外形不错，如果想要谋取更好的发展，在酒店升职，应该继续学一点小语种。结果小助理说，每天上班太累了，他只想一个月有三千块钱足够了，早点下班去玩，不想升职。

我乐了，问这个总经理：所以你把他炒鱿鱼啦？

他摇头。

原来他还没决定要不要换新助理，犹豫着给这个年轻人机会，换到别的岗位试试看，小助理就主动提出辞职了。辞职理由是不喜欢一天到晚安排行程、订机票、联络客户，觉得很无聊。

这个小助理令酒店总经理印象深刻，所以，他回头让人力资源部拿招聘记录来看，这个小助理在来酒店上班前，已经换了四个公司。

看来，那个年轻人始终没能找到轻轻松松舒舒服服、拿三千块钱一直混下去的工作。

其实，如果他把本职工作做好，本可以过渡到更加轻松的岗位。

跳槽太频繁，每份工作都没能积累起经验能力，没有底气和资本就没法跟老板讨价还价。

在这个世界上，舒服轻松的工作根本不是找来的，而是自己一点一滴打造出来的。至于年轻时所谓的迷茫，其实只是贪心。又想要功成名就，又想要舒服。

你还那么年轻，却希望轻轻松松，舒舒服服，荒废的只会是你自己。

最后的仪式

天气好转，跟友人去动物园闲逛，经过长颈鹿馆，来到一片小树林旁边的湖边，友人忽然告诉我，小时候班上组织活动，老师带着同学们一起到动物园，结果他比较倒霉，忽然看见水面漂来一只死掉的猴子。这事埋在他心里很多年，像一道巨大的阴影，覆盖在苔藓上。

他这事我琢磨了很久。

最近我养猫了。因为此猫自己会上厕所，所以我采取了放养的方式，由着它满屋子乱跑，上蹿下跳，自由自在。渐渐猫长大了，轻功越发了得，一米多高的窗户，也可以一跃而上。我这才想起一个严重的问题，我家在一楼，夏天来了，开个窗户，它就有可能跑出去。猫这种动物，野性天生，不比犬类，养出感情了对人无限眷念，惦记着回家。很多人的猫一旦离家出走，从此一去不返。

另外某个友人还提到说，她的一个朋友家的猫，十三岁时跃上窗台，跃到了更广阔的世界去了，害她哭了一星期。真够深情的。

当时我想起电影《桃姐》里的戏谑斗嘴了，忍不住模拟一番开玩笑：促膝暖怀有时，喂养逗乐有时，被咬挨爪有时，一跃而去有时，人生所有的相聚都是要告别的哟。

我又联想起米兰·昆德拉写的小说，取名《为了告别的聚会》。人类养猫，也很类似。迟早我的猫也会去往更加广阔的外面的世界。因为明日可能就要告别，所以今日我反而加倍温存。

设想当我面临那一刻时，我心爱的猫不告而别，消失不见时，我会怎么样呢？猫就罢了，至亲至爱的人呢？小小宠物如此，人何以堪？

在两百年前的一部小说里，少年宝玉看着"狂风落尽深红色，绿叶成荫子满枝"的时候，他感伤了。后来他进一步领悟到，他所居住的大观园，他那些如花似玉的姐妹，他最爱的女孩子，有一天都会烟消云散时，那种无可奈何的悲伤，简直旷大到弥漫整个天地之间，将人置于难以自处的境地。

哎，说到这里你是不是觉得太跳跃了？不是在说猫吗？我除了说猫，还说了猴子呢！还记得开头我提到的友人和猴子吗？

十多年后，他依然想起小时候目睹的画面时，心头沉闷难受。那猴子跟他之间完全陌生啊！他一直不明白自己为什么会如此敏感。

那是因为，他亲眼见到一个渺小的生命在宇宙中的湮灭，欠缺了一种行为。事实上，我们大多数人都忽略了人生中的"重要仪式"。一个生命或者一段关系完结了，强迫自己飞快扭过头转移伤痛，匆匆忙忙扑向新的生活，唯独忘了人非草木，被触动的情感，要有完整的仪式来解脱。

吃奶嘴有时，进棺材有时，相逢有时，告别有时，诞生有时，结束有时。生离死别总是悲伤的，我们只能仰仗哀悼来收尾。心理学里阐释"仪式"，生日婚礼葬礼祭奠诸如此类，其本意，就是人给自己一个机会去哀悼告别。告别童年，才能长大；告别自由，才能承诺；告别逝去，才能记取。那些逝去或失去的，才会在记忆里，在最深的潜意识里，与我们融为一体。

我很想告诉我的友人，当他某一天，独自在湖边静静地为那只幼年偶遇的猴子默哀后，心头那道漫长的阴影想必就消散了。至于我的猫，假如有一天不在了，当我站在窗前想起它时，我也会好好地回忆有过的相处，哀悼这份失去。

搞清楚这么一个原理，再去重温《石头记》，你能加倍体会出作者写出那么一本书的深意，那是他在回溯整个人生的岁月，巨细靡遗记录最琐碎的人物故事，来进行怀念和哀悼，亦即所谓的"怀金悼玉"。

伤感和满纸眼泪，乃是应有的仪式主题。一生之中，谁也绕不过去这"最后的仪式"。

你的心安顿在何处

我有一个朋友叫阿顺，第一次见面的时候，他十九岁。一会儿北漂，一会儿南下。我挺惊讶的，他小小年纪已经走了那么多地方。以我的观察，这是个内心丰富、性格内向的孩子。

他有挺大的梦想，所以干脆不念书了，追梦去了。其实我有那么一点旁观者的兴趣，在我按部就班读书工作的人生里，总是对敢于不走寻常路的人抱以好奇。

我养猫，有时候聊起来，他也来了热情，决定也养一只，我表示赞叹同意。猫有特别的灵气，很适合与喜欢安静的人相处。

起初，他在北京上班，但不满意当时的单位，想换更加好的工作，于是他回到武汉求职。拜会了各路人士以后，却被学历关卡住了。虽然欣赏他的人不少，但很多大型好单位，非常介意学历。我为他不平，但也很难改变这个事实。

于是我劝他，其实你的个性很安静，为什么不在西藏好好酝酿，让自己有更强大的资历，超越学历的障碍？

他最终回到了拉萨，在拉萨的一家报社工作。

大约是在春天中间的时分，我在网上遇到他，他说："林芝的桃花开了，非常美。如果想去看，这是最好的时候。"简简单单几句话，语气静谧中带着笃定。

原来他去了西藏。

并且，他信佛。

我突然心中生出羡慕。

非常奇怪，他是我唯一一个从来没听到提及西藏气候不好、高原反应痛苦、生活条件恶劣的朋友。在他的小小世界里，西藏阳光照耀，空气非常干净，人们非常虔诚。

他就像所有拜佛的人一样，去住寺院，吃当地的食物，和老婆婆、小孩子说话。一切生活节奏放慢下来，就像我后来见到他的样子，慢慢说话，慢慢旅行，慢慢看风景写字。我想这大概就叫作契合，他就适合在这样的地方生活和写作。

春节后，他从拉萨坐长途飞机返回，我们在江城武汉相见的时候，白白净净的男孩儿消失了，变成一个脸颊略有高原红、皮肤黝黑、眼神深沉的年轻人。

如果从外表上看来，他似乎变得更加憔悴成熟，但是一开口说话，我就知道，他找到了自己。

他不是那种以为去一次远方就能洗涤灵魂的人。阿顺去过很多地方，武汉、北京、上海，年纪轻轻，江湖行走，最后留在了西藏。这不是意外。

　　人有两个故乡，一个是自己出生的地方，一个是脚步停留下来的地方。唯有西藏，成为他信仰意义上的其中一个故乡。

　　他写的青藏高原的风雪，藏族人的生活，巍峨之美的冰川，都渗透了深深的感情。不管是多晚多黑，天有多冷，他亲眼看着朝圣者和磕头不断的信众，伴随着微弱的烛火光芒，觉得另有境界。

　　当拉萨下起第一场雪的时候，他会用手机拍下照片，发给全国各地的朋友。我看他发给我的文字："没有乘车，没有撑着雨伞，只戴着帽子，一个人走着，走到雪中的布达拉。"

　　太有画面感了，刹那之间，我似乎置身遥远的雪域，目睹雨雪中的行人。说到底，这其实就是一种释然的心情，甘愿远离尘嚣，诗意地观望体会。他在最能够安顿身心的地方，写他能写的。

　　就像他曾在我家借住找工作的那段时间，一直静静的，不吵闹，不鼓噪。

　　在停留下来之前，一个人应该去尽可能多地看这个世界，去听人心中最微妙的声音。道路漫长，但你会在刹那之间，抵达你所想抵达的。你我他，都会殊途同归。

　　你的脚停在哪里，心就会安顿在哪里。

　　心安，而后定。

　　能安静专注的人，才能做好事情。工作上的阿顺，采访了很多人，有在西藏拍戏的明星，有平凡的人家，有拜佛的游客。阿顺把这些素材积累下来，在去年出了自己的第一本书，云集国内名家的推荐好评。我为他开心，这是他的作品。实实在在，属于自己人生的成就，也是第一份积累。

我相信，从此他会成为一个在哪里都有能力安顿的人。

念大学到底有什么用

成为大学新生的第一个学年，辅导老师把我们班上的人召集到系会议室，唰唰唰，每个人发了一张空白的试卷纸。

他说："来，每个人写写你对大学四年的安排，想要达到什么目标，完成什么理想。"

我转着圆珠笔，开始在那张白纸上写：我要过英语四六级，过计算机二级，我要拿奖学金，我还要评校三好生。我得多参加社团活动锻炼自己，我还得和同学之间搞好关系。

写得差不多了，我扭头看看左边的女生，右边的男生，大致差不多，无非就是多写上了"辅修第二学位""考上研究生"诸如此类。

等到学生们踌躇满志都写完了，辅导老师收上去，锁进柜子，冲我们笑道："等你们毕业的时候，咱们再对照着看看，实现了多少。"大家答应着"好啊"。

很快，我们从搞不清楚东南西北，到摸清楚了大学的里里外外。图书馆里增加了电脑可以去上网，大学生活动中心每个周末办舞会，新建的食堂比老食堂菜要打得多，期末考试可千万别挂科。圣诞节满大街卖玫瑰，愚人节骗来骗去太好玩了。那个北大毕业的副教授讲课的方言太重让人昏昏欲睡，世界杯开始了，系主任的课也敢逃得只剩一半的人。

拿奖学金的要请宿舍的兄弟大吃一顿，上课被点名的时候才有人帮忙代喊到。网游开始普及的时候，寝室里白天基本上没什么人。

不过，也总有同学崭露头角，和其他人拉开了距离，功课很好，能力也强，素质更佳，演讲、辩论、歌唱、舞蹈、踢球、写诗，等等，各领风骚。

渐渐地，大家真的都忘记了，那些纸上写过的东西。

毕业终于临近了。时间呀，就像白色的骏马跑过缝隙，你只来得及看见一道影子。

整个年级分为两个大班，负责我们那个大班的辅导老师，在毕业时开了一个会。那些白纸发下来的时候，有人难过得想哭，有人默然，也有人无愧于心面带微笑，估计是当年列出的都圆满完成。至于我，大概完成了七成，有点唏嘘，有些遗憾，也有些伤感。

那一刻，大家似乎忽然意识到，什么叫长大。长大原来是从前的自己和当下的自己，一起摆在眼前。

这时辅导老师忽然冷不丁开起玩笑来，"你们这些猴子，四年读下来，自己大概看不到，我是一点一滴看得很清楚呀，一个个终于变成人。"

这话真奇怪，怎么理解？

"有的女生啊，大一的时候，吃完饭嘴都不擦，嘴角还带着油光，就到办公室来找我问事情；男生呢，胡子也不刮，邋里邋遢。现在呢，女生基本上学会打扮化妆，有了看相；男生也知道穿西装衬衫，皮鞋擦亮，胡子刮干净，头发做个造型。大家进化了，都有了人样。"

那一刻，我们都笑了。

毕业多年后，当我回望新生第一年，思考得更多，熏陶其实是由内而外，又由表及里的，我的时髦室友跟我普及了衣服怎么搭配会帅一点，擅长写文章的我教会了同学论文怎么写才合格，从农村来的孩子电脑手机玩熟了，城市娇生惯养的习惯了容让相处……

那些列在纸上的东西，很重要，那些没有列在纸上的更重要。我们都曾是中学生，也许不一定都变成大学生。但那些更重要的东西，是每个年轻人都绕不开的。

怎么从毛躁粗糙的小猴子，变成一个像样的人呢？此刻答案应该已经浮现在你心中。

从此，我们对生活的要求，不再是粗糙厮混，而是活得有人的样子，有人的追求了。

当我在跑步时

念大学时，我最害怕的是体育课，两节课折腾下来，大部分男生都半死不活。当年的体育课是算门类的，二十多个门类都及格了，最后才算过关。

踢毽子、打拳、游泳、投篮、跳远我都不怕，其中双肩倒立倒数第二难，也勉强及格了。

最恐怖的，还是长跑。巨大的运动场，漫长的跑道。我跑了倒数第二名。三千米跑到最后瘫倒在地上，那一刻真的是几乎灵魂出窍了，大脑四肢都不属于自己了。

然而，十年后，我重新开始跑步了。

我从五百米，到一千米，再到一千五百米、两千米……最初痛得浑身像是被一群人狂揍过。坚持一段时间，我渐渐跑起来没那么吃力，没有去跑反而难受了。

一个人，换上那双越跑越旧的运动鞋、运动裤，随便套一件外套，沿着住宅区的主干道跑起来。起初我心无旁骛地跑，渐渐很多事物清晰地进入我的视野。

风鼓吹着我的耳朵，我跑过草坪，跑过了木桥，跑过了池塘，跑过了开车的大叔阿姨，跑过了抚摸着肚子的孕妇，跑过了蹒跚学步的小朋友，也跑过拎着菜篮的老人家；我跑过了冬天的雨雪，跑过了开春的樱花树，我跟偶遇的大白猫打了招呼，我也跟小可爱的贵宾犬目光交错……

我曾经那么痛恨跑步，而今我如此热爱跑步。

在风里，我对同一件事物，完全转变了我的心。我为什么要跑步？是因为我想瘦一点，我更想改变一点自己，不要那么宅，那么一动不动躺一天，看清晨变日暮。并且写作本身需要脑力更需要体力，尤其是写长篇小说。村上春树坚持多年长跑就有这个目的。

我的友人说被我惊到了，我的样子也变化了。他说，大概我这次，是发自内心地要做到一件事。他说得没错。人生里很多事是无法掌控的，年岁越增，越知道生命的有限性。有限性就在那里，无法消弭，但辨明了局限性，也就找到了自己的疆域。降低妄想，坦然面对幻想，建立真实可行的理想，然后，去做就是了。

作家麦家说："我认定了一个状态：日常对于人的折磨与扶植，水滴石穿，持之以恒。人的意志正是在生老病死中被消磨掉的，打破这层藩篱需要付出极高的代价，这样的代价有时跨越了生命。正所谓：沉舟侧畔千帆过，病树前头万木春。我们的人生不只有当下感，还要有永恒之念，为此我们必须站在生存之外思考生存。"

　　然而，我还是觉得，所谓永恒之念，是一种假想的存在。类似于麦兜的祖宗麦子仲肥的那只千年钟，响不响，被不被听见，全凭机缘。持永恒之念，那不过是一种价值观上的自我选择。

　　永恒之念是不存在的。人类、人生的意义远远小于自然历史，自然史又小于短短世界存在的时间。自身、家国、人类，小小星球的灭亡，都会永恒消解意义。

　　我们能有的是"有限之念"。有限的生命，去做有限的努力。你自己的点滴进化，是你在这个世界上最感幸福的事。愿你我共勉，如鲁迅所说，"纯洁聪明勇猛向上"。

村上春树崇拜的作家

村上春树崇拜卡佛。这是个美国作家，短篇小说写得特别好。

卡佛看似温柔，写的故事里全是苦涩，特别苦涩。他有文学梦想，渴望成为作家，但一直没出名，小说也卖不掉。多年后，他回忆自己的前半生，没钱成家立业，孩子在哭，老婆要养，他说自己"写作时候屁股下的椅子随时会抽走"。

这样的处境，我相信很多作家同行会有体会。我也被很多人问起，哪里来的时间写东西？生活充满焦头烂额的琐碎，时间对谁都是不够用的，稀少的。一日三餐，买菜、做饭、洗澡、收拾物品、照顾孩子，工作要花时间赚钱、合作商的争执、路上通勤堵车，不被理解的痛苦，外界乱七八糟的恶意干扰。写作本来就是见缝插针，竭力凝聚心神去完成的事情。

世界上从来没有完美的书房，让一个作家毫无压力地、惬意地写出大作。只看到荣耀和名利的人，当然不配拥有写作的幸福。写作本来就只是珍珠对珍珠蚌的奖赏。一种对珍珠蚌而言，基于安抚自己痛苦的分泌。卖掉珍珠的钱，属于杀掉珍珠蚌的人；买到珍珠的人，获得慰藉，获得快乐。

生活太沉重。卡佛成名后的钱奉献给老婆挥霍，所以用奇崛视角的温情来治愈。

卡佛的名篇《大教堂》写的就是一个极为辛酸又充满温情的故事。主人公家来了一个盲人朋友，盲人丧妻，远道而来探访死去妻子的亲属，顺便在小说里的"我"家借宿过夜。主客三人闲聊打发时间。

事实上，他对这个盲人怀有疑惑和防范之心，因为他的妻子曾经跟一个军官有过一段无结果的恋情。他的妻子自杀没成功，后来将苦衷都倾诉给了那个盲人。当往事因为盲人的出现，被翻出来重提，他感到不快。

后来，他们聊到了大教堂。盲人看不见这个世界，又怎么知道大教堂的真实模样呢？这个盲人承认的确不知道，提出由男主人来给他描述。可是无论男主人怎么形容比喻，都无法让大教堂的样子，真正出现在盲者的脑海里。最后盲客提出了一个建议，不如来画吧。

盲人的手指骑在男主人的手背上，要求男主人闭上眼睛去画。盲人跟随着他的动作，在纸上，一起勾勒着大教堂的形状。渐渐地，男主人"觉得自己无拘无束，什么东西也包裹不住我了"。

因为他摆脱了口头描绘的艰难束缚，回到了事物的本身的共同体察。李义山写"深知身在情常在"，我们的肉身，恰是最珍贵的存在，情感意识的传递送出，一颦一笑，一个手势，一个动作，其实更加吻合我们的天性本能。身在，情在。人类痛苦之极时，言语会失效，拥抱亲吻，依靠在肩头流泪，却可安抚备受折磨的心。

卡佛的《好事一小件》，获得了 1983 年的欧·亨利小说奖第一名。故事里，一对夫妻订了蛋糕给孩子过生日。不幸的意外来临，儿子被车撞了，司机逃逸。

儿子被撞后，居然还貌似没事，于是一家人便回家了。结果没多久，孩子开始出现症状，昏迷了。送到医院，医生说孩子休克了，两口子心急火燎，盼望着奇迹。悲伤的是，孩子还是去世了。在这悲惨命运中，他们忘记了生日蛋糕这件小事。面包师却没忘，一直打电话问他们到底还要不要蛋糕了。夫妻俩崩溃了，赶去面包店。面包师得知情况后，让他们吃刚烤出来的热面包圈。

在丧子的痛苦中，这对夫妻吃着热乎乎的面包，不知所云地瞎聊，这是人生中剩余的一点温暖安慰，微弱无比，无可奈何。人总要做点什么，来抵御这无限悲哀。

看过卡佛的小说，我就明白村上春树为什么崇拜他了。卡佛太走心了。不过卡佛的小说这么慈悲，在中国流行不起来，他们会把这些真实痛苦中蕴含温情的文字贬低为鸡汤，就像他们贬低村上春树是小资一样。卡佛有本书叫《当我们谈论爱情时，我们在谈论什么》。看到这个名字，估计稍微文青点的读者，就会想起村上春树那本《当我们跑步时，我们在谈论什么》。

村上春树的大部分小说，也是在做同样的事情——致力于化解人内心的孤独与恐惧。

以前看过村上春树的一本短篇小说集《列克星敦的幽灵》里，有个名叫《第七位男士》的故事。讲述的内容为，"我"是在 S 县海边一个镇上长大的，幼年有个特别要好的伙伴。好友就住在主人公家附近，比他低一年级。他们一块儿上学，放学回来也总是两个人一块儿玩，可以说亲如兄弟。

但是，那年九月，他们住的地方来了一场强台风。他们一起去海边游泳时，好友 K 被巨浪卷走了。主人公目睹到这一幕，吓得动弹不得，即便时隔多年，仍然陷在深深的恐惧之中，他总是想起死去的好友出现在海水中的隐约的冰冷的脸。他本来特喜欢游泳，之后也不去了，乘船也免了，坐飞机出国也不曾有过。

五十多岁的主人公，仍然无法把自己即将在海里淹死的场景从脑际抹除。那种黯然神伤的预感，仿佛梦中 K 的手一样抓着他的意识不放。他一直做噩梦，永远不敢靠近海，也不接受与海相关的事物。

直到主人公在一个春天，重回 K 被卷走的海岸。他把所有少年时代的记忆都找回来，看着早逝的好友曾经的绘画，还有故乡的风景，强忍着恐惧去靠近海边，去观看海浪，有一种东西静静地渗入他的身心。他不再畏惧海浪了。

最后主人公说："我在想，我们的人生中真正可怕的不是恐惧本身，恐怖的确在那里……它以各种各样的形式出现，有时将我们压倒。但比什么都恐怖的，则是在恐怖面前背过身去、闭上眼睛。这样，我们势必把自己心中最为贵重的东西转让给什么。"

村上春树的这种温情释怀的味道，跟卡佛如出一辙。只不过，村上春树太啰唆，有时间，又比较节制自己的生活，他喜欢把短篇小说的小灵感，做成大蛋糕，拖成漫长的长篇。而卡佛没时间，还有个需要他用金钱填补空虚的太太，全部时间都在写短篇小说。

大多数人们把温情的故事贬低为鸡汤，强迫自己痛苦地阅读，并美其名曰深刻，其实这恰恰是一种逃避深刻的行为。通过附庸"名头"而博取优越感，俗称自欺欺人。阅读不是为了他人，深刻不属于文学，深刻是借助文学的眼睛和皮肤，感受到生活本身的哀痛，而内心深处或多或少涌出对不幸者的一点温暖呵护。

文学所追求的，就是精确地表达出我们模糊混沌的感受。像有眼睛的人，带领盲人"看见"大教堂一样。

说回村上春树和卡佛吧，其实他们之间发生过交集。因为这种崇拜，村上春树偕同太太一起跑到美国拜访自己的文学偶像。就像所有的粉丝和偶像的关系一样，村上春树也是激动得不得了。其实那个时候村上春树自己也已经是出名的作家了。但他没告诉卡佛这一点，而是作为一个翻译家拜会卡佛。

卡佛说，以后会去日本，回访村上春树。这令村上春树受宠若惊。村上春树看见自己的偶像体形庞大，回国就订购了一张超大的床，预备着接驾偶像。可惜他没等到卡佛驾临，因为卡佛几年后就死了。卡佛成名之后，挥霍金钱，沉迷烟酒，死于肺癌。

这就是卡佛的魅力，从强烈到黯然，再到燃烧光热，他的小说淡淡地承认一切发生的命运，仔细凝视，并且流露出痛苦而悲悯的目光。

是故，我觉得吧，一切文学，皆是慰藉。